ORIENTAL FANTASY STORY & ADVENTURE

마검왕 11

마검왕(魔劍王) 11
뉴욕 맨해튼

초판 1쇄 인쇄 / 2011년 2월 16일
초판 1쇄 발행 / 2011년 2월 26일

지은이 / 나민채

발행인 / 오영배
편집장 / 허경란
편집 / 신동철, 문보람, 오미정, 윤상현
본문 디자인 / 신경선
펴낸 곳 / (주)삼양출판사 · 드림북스

주소 / 서울특별시 강북구 송천동 322-10호
대표 전화 / 02-980-2112 팩스 / 02-983-0660
편집부 전화 / 02-980-2116 팩스 / 02-983-8201
블로그 / blog.naver.com/dreambookss

등록번호 / 제9-00046호
등록일자 / 1999년 3월 11일

ⓒ 나민채, 2011

값 8,000원

(주)삼양출판사 · 드림북스의 서면 허락 없이는 어떠한
형태나 수단으로도 이 책의 내용을 이용하지 못합니다.

ISBN 978-89-542-3710-9   04810
ISBN 978-89-542-3036-0   (세트)

* 지은이와 협의하에 인지는 생략합니다.
* 잘못된 책은 구입한 곳에서 바꾸어 드립니다.

魔劍王

마검왕

나민채 퓨전무협 장편소설

11

뉴욕 맨해튼

ORIENTAL FANTASY STORY & ADVENTURE

dream books
드림북스

목차

제1장 정리하지 못한 일 · · · · 007

제2장 봉인 · · · · 041

제3장 뉴욕 · · · · 073

제4장 나쁘지 않은 제안 · · · · 107

제5장 검과 권 · · · · 151

제6장 작은 금속 마찰음 · · · · 195

제7장 거물 중의 거물 · · · · 239

제8장 뻘건 쇳물 · · · · 283

제 **1**장

정리하지 못한 일

※ 『마검왕』은 순수 창작물로써, 이 작품 속에 등장하는 인명·지명·단체명 등은 실제 사실과 관계가 없음을 밝힙니다.

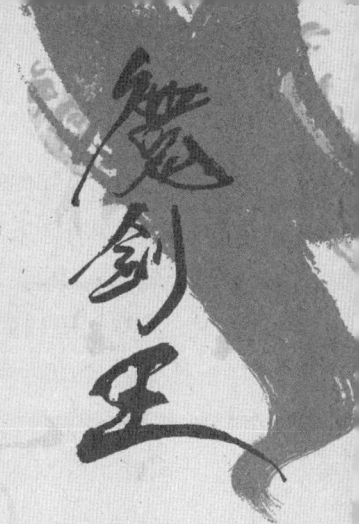

　그녀가 선글라스를 이마 위로 올리자 예쁘고 선해 보이는 눈이 나를 보며 웃었다.
　"진욱 씨죠?"
　JFK 뉴욕 공항으로 마중 나온 그녀는 나와 같은 글로벌 장학생이며, 내 미국 정착을 도와줄 이른바 사수였다.
　그녀의 이름은 이시연, 나이는 24세.
　현재 컬럼비아 대학에서 경영학을 전공하고 있다고 자신을 소개했다.
　하얀색 민소매 티셔츠와 짧은 반바지가 늘씬한 그녀의 몸매를 더욱 돋보이게 하고 있었다. 그녀는 명문대학의 학생이라기보다는 뉴욕으로 무작정 날아온 동양의 아마추어 모델 같은 이미지였다. 그런 이유로 그녀와 경영학과와는 잘 매치가 되지 않았다.

"우와, 소문대로 훤칠하세요."

"소문이요?"

"그런 채널이 있어요. 조만간 진욱 씨도 알게 될 거예요. 우리의 비밀 채널."

그녀는 빙그레 웃었다.

"그런데…… 칼턴 암즈에 약간 문제가 생겼어요."

그녀가 곤란한 얼굴로 표정을 바꾸며 말했다. 나는 곧 칼턴 암즈가 컬럼비아 대학의 기숙사라는 사실을 떠올렸다.

"대학 행정처에 항의를 해 봤지만 소용이 없었어요. 진욱 씨가 들어갈 방에 다른 한국인 학생을 넣었나 봐요. 같은 정 씨라서 착오가 있었다는데 지금 와서 돌이킬 수는 없다나 봐요."

"그럼 숙소는 대학 기숙사가 아니겠군요? 저는 어디든 괜찮습니다."

"그건 아닐 텐데……."

그녀가 말꼬리를 흐렸다.

* * *

"⋯⋯미안해요. 아무래도 여기인 것 같아요."

그녀가 그렇게 말했을 때, 나는 허름한 빌라촌 한가운데에 서 있었다.

문득 전주에서 서울로 상경했던 때가 생각났다.

사람 하나 간신히 들어갈 틈만 남겨 두고 빼곡하게 서 있는 빌라와 원룸이 풍기는 느낌은 처음 서울에서 느꼈던 그것과 비슷했다.

다만 눈앞의 건물들은 그때의 건물들보다 더욱 낡고 녹슬어 있을 뿐.

각 호의 베란다에 내걸린 빨갛고 파란 빨랫감들이 바람에 펄럭이고 있었다. 창문이 훤히 열린 1층 어느 방에서는 갱스터 랩이 흘러나오고 있었고, 빌라 입구 계단에 쭈그리고 앉아 있는 흑인 꼬마 셋이 열심히 그 랩을 따라 하고 있었다.

뉴욕 양키스 야구 모자를 쓴 흑인 꼬마들은 나를 흘깃 보기만 할 뿐, 내게는 별 관심을 두지 않고 계속 힙합 리듬에 맞춰 고개를 까닥거렸다.

"집을 알아볼 시간이 너무 없었어요. 우선 들어가서 이야기하면 안 될까요? 아무리 낮이라지만 여긴⋯⋯."

그녀가 주변을 두리번거리다가 갑자기 몸을 움찔거렸.

그녀의 시선이 맺혔던 곳을 쳐다보니, 골목 끝에서 건장한 흑인 청년들이 이쪽을 바라보고 있었다. 따사로운 햇살에 드러난 그들의 근육은 멀리서도 선명한 검은 빛을 띠었다.

우리는 꼬마들을 지나쳐 길로 들어섰다.

올라가는 계단 벽 곳곳이 페인트 낙서로 가득했다. 그 낙서들이 유명한 갱스터 래퍼인 50센트의 노랫말이라는 것을 알아차리기까지는 그리 오래 걸리지 않았다.

입구 계단에 있던 흑인 꼬마 중 한 명이 대뜸 내게 "거기 중국인! 50센트 좋아해?"라고 외쳤다.

나는 그냥 고개만 끄덕이고 올라갔다.

5층까지 올라왔다.

그녀는 지하철에서 내린 후부터 계속 주눅이 들어 있었다. 고개를 푹 숙인 상태로 빠르게 움직이더니 5A라는 명패가 박힌 문 앞에 멈춰 섰다.

딸각딸각.

몇 번의 시도 끝에 열쇠로 문을 열고 안으로 들어섰다. 문 맞은편에는 5층 공동 세탁장이 있었는데, 그곳에 있던 흑인 청년이 우리를 보며 살짝 비웃고 있었다. 눈에 띄게 움츠러들어 있는 동양인 여성이 우스운 모양이었다.

"들어와도 돼요."

그 소리가 들렸다.

나는 흑인 청년을 무심히 바라보다가 문을 닫았다. 몸을 돌리자, 안도와 미안함이 얽힌 복잡한 표정을 짓고 있는 그녀가 보였다. 그녀가 말했다.

"진욱 씨는 상상도 못했겠죠? 설마하니 이런 곳에 오리라고는."

나는 잠깐 실내를 쳐다봤다. 마치 감옥을 연상시키는 듯한 방범창이 제일 먼저 시선에 들어왔다.

창이란 창은 모두 험상궂은 쇠창살이 가로막고 있었고, 벽과 천장에는 거무튀튀하게 번진 곰팡이가 가득 자리를 차지하고 있었다. 그나마 거실은 넓었고 방도 따로 두 개가 더 있었다.

나는 짐을 내려놓고서는 어딘가에서 주워온 게 분명한 낡은 의자에 앉았다.

"오늘 아침에 대학 행정처에서 갑자기 그러는 거예요. 그래서 부랴부랴 건너 건너 소개받은 부동산 중개업자에게 괜찮은 방을 달라고 말해놨는데, 그게 여기인 거였어요."

그녀의 목소리에 억울함이 배어 나왔다.

"그 중개업자도 한국인이었거든요? 그런데 어떻게 이 거리를 소개해줄 수가 있는지."

"괜찮습니다. 어쩌면 기숙사보다 괜찮아 보이네요. 이렇다 할 룰도 없어 보이고."

나는 솔직히 말했다.

그러자 그녀의 눈이 동그래졌다.

그건 당신이 몰라서 하는 소리고, 라는 표정이었다.

"기숙사보다는 사생활이 보장되어 있다고 생각할 수도 있겠지만, 그러면 안 돼요. 여기 언론에선 전 뉴욕 시장이 이

거리의 범죄를 소탕했다며 찬양해대는데, 실제로는 전혀 아니란 말이에요."

그녀는 이 거리에 대한 안 좋은 소문을 쭉 늘어놓기 시작했다.

이를테면 해가 지면 절대 밖에는 나갈 수 없다는 것, 그 이유 중의 하나로 한밤중에 느닷없이 들리는 총소리와 거리를 어슬렁거리는 겁 없는 어린 마약쟁이를 들었다.

하지만 내 반응이 시원치 않다고 느꼈던 것일까?

어린 마약쟁이들은 대부분 갱이거나 갱이 되길 원하는 아이들이고, 갱이 되기 위해선 사람을 죽여야 하는데 우리 같은 동양계 사람들이 주 타깃이 된다는 말까지 덧붙였다.

"그렇습니까?"

나는 빙그레 웃으며 대꾸했다.

그녀가 갑자기 새빨개진 얼굴로 고개를 도리도리 저었다.

"이 근처 사는 사람이라면 모두 알고 있는 사실이라고요. 그렇게 위험한 곳이라는 말이에요."

그녀가 서둘러 말했다.

"일단 이곳으로 와보긴 했지만…… 역시 지금이라도 다른 곳으로 알아봐야겠지요? 아무리 진욱 씨 같은 남자……."

그녀가 잠깐 말을 멈췄다가 계속 말했다.

"남자라도 여긴 위험해요. 처음부터 이리로 오는 게 아니었어요. 와보니까 더 확신이 드네요. 그래요, 우리 다시 알아보기로 해요. 오늘은 괜찮은 호텔을 알려 드릴게요. 진욱 씨, 당분간 그곳에서 머물면 안 될까요?"

"호텔비는 나라에서 지급 계산이 되는 겁니까?"

"알아보긴 하겠는데 아마 아닐 거예요."

그녀가 내 지갑만큼이나 가벼운 목소리로 대답했다.

"그럼 호텔비는 어떻게?"

내가 물었다.

"이런 말 염치없는 건 알지만 진욱 씨 카드로는 안 될까요? 여기가 한국이라면 우리 호텔을 소개해 드릴 텐데, 보다시피 한국이 아니라서……. 제 카드도 엊그제 긁어대는 바람에 한도 초과가 됐고요."

그제야 나는 그녀의 민소매 티셔츠에 박힌 샤넬 로고를 눈치챘다. 줄곧 의식하지 못하고 있었던 럭셔리한 머리핀도 그녀의 머리에서 마법처럼 나타났다.

"저는 카드가 없습니다."

그녀는 거짓말 말아요, 라는 듯한 표정을 지었다.

"시연 씨가 생각하는 것과는 달리, 저는 이곳이 나름 맘에 드는데요."

"제가 미안해할까 봐 그러시는 거죠?"

그녀가 곤란해하며 물었다.

하지만 내게서 대답이 없는 사이, 그녀는 내 표정 위에 떠오른 진심을 눈치채고 말했다.

"하지만 여기는……."
그렇다.
여기는 할렘이다.

*　　*　　*

베란다에 서서 물끄러미 아래를 내려다봤는데, 재미있는 광경이 펼쳐지고 있었다.
조금 전까지만 해도 흑인 꼬마들이 차지하고 있던 자리에 어느새 청년들까지 합류해 있었다.
잠시 지켜보니 그 청년들이 흑인 꼬마들의 아버지라는 재미있는 사실을 깨달을 수 있었다. 젊은 아버지들이 그들의 어린 자식들에게 랩을 가르치고, 야구 모자와 박스티를 만져주면서 패션까지 지도하고 있었던 것이다.
"진욱 씨."
시연이 주방에서 나를 불렀다.
그곳에서 그녀는 주방의 굵은 창살 밖으로 팔을 쭉 빼내어 전방을 가리키고 있었다.
그녀가 가리키고 있는 방향에는 컬럼비아 대학이 있었다.
"정말 가깝긴 하지만요."
컬럼비아 대학은 이 거리와 바로 맞닿아 있었다. 졸업하기만 하면 주류사회로의 진입을 보장한다는 세계 명문대학 컬럼비아와 세계적으로 유명한 범죄의 거리가 바로 옆에 공존하고 있다는 사실은 참으로 아이러니했다.

"아무리 학교가 가까워도 다시 생각해 보지 않을래요? 여기는 할렘이잖아요. 제가 걱정이 돼서 그래요."

그러면서 그녀는 "진욱 씨가 건장한 남자라고 해도……." 하면서 나를 위아래로 훑어봤다.

그녀는 티셔츠 밖으로 윤곽이 드러난 가슴 근육에 시선을 멈췄다가 흠흠 하고 헛기침했다. 눈이 마주치자 바로 허둥지둥 당황하는 모습을 보였다.

"아, 그럼 이렇게 해요. 제가 한국에 연락해서 기숙사가 나올 때까지만이라도 호텔에 머물 수 있는지 알아볼게요."

그녀가 내 시선을 피하며 말했다.

나는 고개부터 저었다.

"그 이야기는 이제 그만합시다. 저는 정말로 괜찮으니까. 시연 씨 때문이 아니라 제가 원해서 여기에 있는 겁니다. 한국에서 연락이 오면 그렇게 대답할 거고요."

그녀는 말이 없었다.

잠시 후 굳은 결심을 한 듯 "알겠어요."하면서 결연한 표정을 지었다.

"대신 조심해야 해요. 여기에선 NYPD(New York City Police Department)도 믿을 게 못 되니까요."

나는 대답 대신 빙그레 웃으며 거실로 가 소파에 앉았다.

더운 날씨였지만 그녀는 베란다와 주방 창문까지 꼼꼼히 다 닫고 거실로 돌아왔다.

그녀가 주방에 있던 의자를 질질 끌고 와 내 앞에 놓았다. 그리고는 의자 등받이 쪽을 내 쪽으로 두고 다리를 벌려 앉았다. 그녀가 등받이에 턱을 기대며 생글 웃어 보였다.

"그런데 진욱 씨 정말 21살 맞아요?"

뜬금없는 물음이었다.

"제가 좀 삭았죠?"

내가 피식 웃으며 대답했다.

육체적인 나이로 하자면 지금 나는 25, 26세쯤 됐을 테니까.

그녀는 품 하고 웃었다.

"아니, 얼굴이 아니라…… 지금 독일에 가 있는 제 남동생이 22살인데, 진욱 씨는 그보다 더 어리잖아요. 그런데 뭐랄까……."

그녀가 잠깐 고민하더니 나를 빤히 쳐다보며 말했다.

그녀는 나를 오빠 보듯 쳐다봤다.

"실은 진욱 씨가 많이 궁금했었거든요. 서울법대 재학 중에 최연소로 사법고시에 패스하자마자 경영으로 전공을 바꿔 아이비리그에 오는 건…… 정말 흔치 않은 일이잖아요. 아니, 전무한 일일지도 모르겠네요. 고등학교 때 중국에서 신 회장님을 구했던 일화도 정말 영화 같고요."

나를 향한 그녀의 관심이 부담스러웠다.

"그런 것은 어떻게 아셨나요? 전에 말했던 그 비밀 채널입니까?"

아무리 악의 없이 말하는 그녀라고 해도 내 뒷조사를 했다면 상당히 기분 나쁜 일이다.

웃고 있던 그녀가 갑자기 놀라 눈을 동그랗게 떴다.

"오해 말아요. 유학생들 사이에 소문이 다 퍼져 있는 것을 주워들은 것뿐이에요. 여기는 소문이 정말 빠르게 돌거든요. 특히 우리 한인들끼리는……."

그녀가 말꼬리를 흐렸다.

"화나지 않았습니다. 조금 당황했던 것뿐인데, 그렇게 놀라시면 제가 미안하죠."

갑자기 놀란 표정의 그녀를 보자 미안한 마음이 들었다. 나는 살며시 입가에 미소를 지었다. 내 미소를 본 그녀가 한결 누그러진 표정으로 휴 하고 간담을 쓸어내렸다.

"놀랐잖아요."

"그래도 소문치곤 자세하네요."

"저만 해도 뭐…… 진욱 씨한테 관심이 가는걸요."

그녀가 언제 그랬냐는 듯이 생글생글 웃었다. 내가 쳐다보자, 그녀는 장난이라면서 손사래를 쳤다.

"우리 여기서 이러지 말고 자리부터 옮겨요. 학교 안내도 해주고 맛집들도 소개해줄게요."

표정을 보아하니, 그녀는 한시라도 빨리 할렘가에서 벗어

나고 싶어 하는 것 같았다.

　할렘가에 위치한 숙소에서 컬럼비아 대학까지는 걸어서 10분 거리에 불과했다.
　나와 시연은 할렘가 빌라촌을 빠져나와 악기, 도서, 잡화들을 파는 10평 내외 규모의 상점들이 나열한 거리로 들어섰다.
　이 거리에서 서쪽으로 똑바로 걸으면 바로 컬럼비아 대학이다.
　한국 대학들의 거대한 정문과는 달리, 컬럼비아 대학의 정문은 어느 한적한 레스토랑으로 들어가는 넝쿨 아치문 같았다. 우리는 캠퍼스를 구경하기 전에 배부터 채우기로 하고 정문 맞은편에 위치한 음식점으로 향했다.
　시연은 여러 음식점 중에서 스즈키 데리야키라는 일본식 체인점으로 나를 안내했다.
　양도 많고 맛도 제법 괜찮았다.
　"……그런데 어떻게 법학에서 경영으로 전공을 바꾸게 된 건가요? 신 회장님이 그러라고 하던가요?"
　듣는 사람에 따라서 기분이 나쁠 수도 있었다. 하지만 그녀는 아무것도 모르는 순진한 얼굴로 포크로 면을 말면서 그런 질문을 해댄 것이다.

그것도 아무런 사심이나 악의 없이.

그래서 나 역시 계란말이를 집으면서 대수롭지 않게 입을 열었다.

"일성 때문이 아닙니다. 시연 씨 말투를 보아하니 일성가와 잘 아시나 봅니다?"

"아, 말씀을 안 드렸구나."

시연이 나를 보며 빙그레 웃었다.

"혹시나 해서 하는 말인데 재수 없게 들으면 안 돼요. 알았죠? 진욱 씨."

나는 고개를 끄덕였다. 그녀는 주위를 쓱 하고 쳐다본 다음 내 쪽으로 몸을 기울였다.

시연이 속삭이듯 말했다.

"원화가 우리 집이에요."

원화.

호텔업과 영화업으로 유명한 원화그룹은 한국 경제, 문화에 큰 비중을 차지하고 있다.

시연이 부잣집의 소공녀라는 것쯤은 예상하고 있었다.

그러나 재벌가 사람이라는 것까지는 생각하지 못했던 것이 사실이다.

그녀가 나에 대해서, 나와 일성의 관계에 대해서 이미 알고 있었기 때문에 나에게 스스럼없이 행동했는지는 알 수 없다. 하지만 적어도 나는 그녀에게서 허황된 권위의식 따위를 느끼지는 못했다.

"그렇군요."

시연이 재벌가의 사람이라도 해도 달리 할 말은 없었다. 그녀는 이런 내 반응에 만족스러워하는 눈치였다.

시연의 얼굴에 환한 미소가 번졌다.

"그런데 생각보다 한국인들이 많네요?"

화제를 바꿀 겸 말을 꺼냈다.

가게 안 테이블의 반절 이상을 동양계 학생이 차지하고 있었고, 그중의 반가량이 한국인들이었다. 식당에 들어왔을 때부터 영어보다 한국어가 더 많이 들리고 있던 차였다.

"대부분 ALP(American Language Program) 학생들이에요. 어학연수 철이잖아요. 더욱이 이 집이 한국인 입맛에 맞기도 해서 유학생들 사이에서 인기가 많아요. 어때요? 진욱 씨 입맛엔 맞나요?"

시연이 그렇게 말한 뒤에 포크에 말린 면을 입안에 넣고 우물거렸다.

"괜찮습니다."

"다행이네요. 오늘 저녁 괜찮다면, 제가 학교 주변 더 안내해줄게요."

"어쩌죠? 짐을 풀고 정리할 게 있어서요. 고맙지만 오늘 저녁은 힘들 것 같습니다."

"내 정신 좀 봐. 그걸 생각 못했네요. 그럼 내일 봐요. 진욱 씨에게 소개해주고 싶은 곳들이 많아요."

"내일 말입니까?"

"네, 내일이요. 내일도 일이 있는 건 아니죠?"

시연이 애교스럽게 물었다.

"음……."

시연에게는 내일이 되겠지만 내게는 며칠이 흐른 후가 될지는 모르겠다.

오늘 밤, 나는 저쪽 세상으로 갈 생각이니까.

"미국으로 오면서 정리하지 못한 일이 있거든요. 오늘 밤이면 끝날 겁니다."

"정리하지 못한 일이요?"

"네. 여기로 떠나오면서, 인사를 못했던 사람들이 있습니다. 그분들과는 앞으로 오랫동안 보질 못할 텐데요. 언제 다시 볼 수 있을지는……."

시연이 나와 눈을 맞춘 다음에 고개를 끄덕거렸다.

"맞아요. 저도 미국에 올 때 미처 인사하지 못하고 온 친구들이 있어서 그 기분이 어떤지 잘 알아요. 직접 인사를 못하고 와서 찜찜하긴 하겠지만요. 하지만 요즘이 어떤 세상인데요. 화상 채팅도 있고, 또 비자 없이도 언제든 여기로 초대할 수도 있죠. 그러니 너무 마음 쓰지는 말아요. 마음만 먹는다면 언제든 다시 볼 수 있잖아요."

"마음만 먹는다면 언제든 다시……."

"네, 언제든 다시요."

해맑게 웃는 그녀의 얼굴에 대고 고개를 가로저을 순 없었다.

　　　　　*　　　*　　　*

내게는 두 가지 사명이 있다.

이 세상의 틀을 깨지 않는 한도 안에서 내가 가진 힘을 정의에 쏟는 것, 다른 하나는 혈마교주로서 혈마교가 이상국이 될 수 있는 토대를 다지는 것이다. 하지만 나는 내가 왕으로서 턱없이 부족하다는 사실을 잘 알고 있다.

모든 것은 예고 없이 일어났다. 저쪽 세상에서 나는 갑자기 혈마교주가 됐다. 그리고 정신을 차리고 보니, 이번에는 반 천하를 다스리는 왕위에 올라 있었다.

잠깐.

부족한 리더의 경솔한 결정이 그 집단을 어떻게 파멸로 이끄는지, 그동안 역사를 통해 배워왔다.

내가 돌아가는 순간 저쪽 세상의 시간은 다시 흐른다.

준비 없이 왕이 된 혈마교주는 이상 국가를 만들기 위해 노력하고 수많은 것들을 결정하겠지만, 그의 노력과는 상관없이 그가 깨닫지 못한 사이에 내린 우둔한 결정들이 수많은 사람들을 불행하게 만들 것이다.

마음으로 되새겼다.

객관적으로 보자.

하지만 다행히도 내게는 그런 뻔한 미래를 바꿀 수 있는 힘이 있다.

시간을 통제해, 왕위에 맞는 자질과 능력을 키우고 내 나름의 통치 이념을 정립할 수 있다. 그러기 위해서는 배우고 익혀야 할 것이 많다. 그 길이 십 년이 될지 이십 년이 될지는 아무도 모른다.

확실한 건 '틀'을 깨우치지 못하고 제왕의 자질을 갖추지 않는 상태에서 저쪽 세상으로 돌아가기엔, 내게 주어진 책임과 사명이 몹시 중하고 무겁다는 것이다.

다만······.

내게는 아직 정리하지 못한 일이 있다.

하나는 색목도왕과 흑웅혈마에게 마지막 인사를 못한 것이다.

저쪽 세상은 시간이 멈춰진 상태라 둘에게는 이런 내 심정이 와 닿지 않을 테지만, 그 둘을 언제 다시 볼 수 있을지 기약할 수 없는 나로서는 둘을 마주하고 인사를 하고 싶다는 생각이 간절했다.

다른 하나는 흑천마검과 백운신검의 일이다.

두 신물은 이쪽 세상으로 오면서부터 동면에 든 곰처럼 조용한 상태다.

하지만 언제 터질지 모르는 휴화산이라는 것을 나는 한 번도 잊어 본 적이 없다. 이 둘을 같은 자리에 함께 두고 있는 것이 언제나 불안했다.

시연과 헤어지고 돌아온 그날 저녁.

나는 언제 다시가 될지 모를, 저쪽 세상으로의 여행 표를 손에 쥐었다.

쌔악!

눈앞의 푸른 빛무리가 수면 위에 떨어트린 물감마냥 퍼지면서 사라졌다. 그 자리에 작은 불빛들이 촘촘히 박혔다. 벽에 박혀 있는 등불들의 빛이 모여 정문을 비춘다. 거대한 혈마교 문장이 시선에 가득 차 들어왔다.

바로 내 뒤에 혈룡좌가 있었다.

그곳에 앉았다.

코로는 진하게 퍼져 있는 청목향(靑木香)을 맡고, 눈은 지존천실의 웅장한 실내를 응시하면서 머릿속으로 시간을 가늠해 보았다. 사법고시 2차가 끝난 후부터 하계 방학까지 있었으니, 거의 일 년 만에 이쪽 세상을 찾은 것이었다.

혈룡좌 옆으로 이전에 벗어두었던 무복이 보였다.

정사대전.

교국 전쟁이라고 칭해진 그 전쟁의 향기가 물씬 배어 나왔다. 피비린내가 코끝을 스치자 대전에서의 기억이 떠오르기 시작했다.

머릿속의 영상을 지우기 위해 코를 찡그리고 있을 때, 한쪽 방에서 내 인기척을 느낀 소옥이 나왔다.

"......교주님?"

반가운 목소리였다.

오랜만이야.

나는 속으로만 인사했다.

나와 눈이 마주친 소옥이 잠깐 제자리에서 멈칫거렸다. 그녀가 놀랄 만하다고 생각했다. 갑자기 교주가 이상한 몰골로 어둠 속에 앉아 있으니 말이다.

소옥은 얼굴에 서린 당황함을 황급히 지우고는 언제 그랬냐는 듯 차분하게 걸어왔다.

아쉽게도 밖은 한창 밤이었다.

"모두 자고 있겠군."

나는 중얼거리며 창을 통해 밤하늘에 오른 보름달을 쳐다보았다.

색목도왕과 흑응혈마를 만나는 것을 아무래도 이튿날로 미뤄야 할 것 같았다.

"소옥은 가서 침의(寢衣)를 내오거라."

내가 말했다.

"예, 교주님."

    *　　　*　　　*

 지난밤 내내 불빛이 꺼지지 않았다. 십시의 주민들이 밤새 축제를 벌였던 것이다.
 이른 아침부터 울려 퍼지는 찬가(讚歌) 소리에 비로소 일년 전, 저쪽 세상으로 넘어가던 시점이 전장에서 돌아온 그날 밤이었던 것을 깨달았다.
 그리고 소옥을 통해 축제가 앞으로 일주일간 벌어진다는 사실도 알게 되었다.
 그러나 승전의 기쁨으로 가득 찬 교도들과는 달리 나는 그렇지 못했다. 왜냐하면 대전의 승리는 내게 있어 이미 일 년이나 지난 일이기 때문이었다.
 나는 아침 해가 밝자마자 색목도왕과 흑웅혈마를 불렀다. 둘에게 저쪽 세상에서 내가 느낀 사명과 결단을 말하고, 정식으로 인사를 하고자 함이었다.
 오랜만에 보는 색목도왕의 얼굴이 몹시 반가웠다. 당연하겠지만 그는 하나도 달라진 것이 없다. 그 모습에 새삼 고마운 마음마저 들었다.
 색목도왕이 고개를 들며 입술을 뗐다.
 "부르셨사옵니까? 피곤은 많이 풀리셨습……."
 그가 말을 멈추고 나를 쳐다봤다. 내 모습이 전과 다르다는 것을 눈치챈 모양이다.

그는 눈썰미가 좋았다.
"……다녀오셨습니까?"
색목도왕이 말했다.
"흑응혈마는?"
"이 장로는 어젯밤 돌아오자마자 십시에서 축제를 주관하고 있었습니다. 지금 본산으로 오는 중일 것입니다."
"그럼 흑응혈마를 기다리기로 하지. 둘에게 내가 긴히 할 말이 있어."
"예."
색목도왕이 의자에 앉았다.
그는 골똘히 뭔가를 생각하기 시작했다. 나는 의아함이 가득한 그의 눈을 향해 "물어보고 싶은 게 있는가?"라고 말했다. 그러자 색목도왕은 매우 조심스러운 태도로 나를 향해 몸을 기울였다.
"얼마나 다녀오신 것입니까?"
"일 년 정도."
"지난밤에 교주님께서는 한 해를 더 보내신 것이군요?"
나는 고개를 끄덕였다.
"참으로 신묘한 일입니다만……."
그러면서 색목도왕은 벽 쪽으로 시선을 돌렸다. 그 자리에는 흑천마검과 백운신검이 나란히 걸려 있었다. 그가 그쪽에 시선을 유지하며 입을 열었다. 그의 얼굴이 평소보다 어두워 보인다는 건, 내 착각일까?

"문득 그런 생각이 들었습니다."

그의 목소리가 무겁게 느껴졌다.

"……?"

"내일 교주님을 다시 뵈었을 때 백발을 하신 교주님께서 이 자리에 계시지 않을까……."

가슴이 뜨끔했다.

그가 계속 말했다.

"다만 소마는 사람의 수명은 영원하지 않다는 것이 걱정될 뿐이옵니다. 소마의 우려대로 어느 날 갑자기 교주님께서 백발을 한 모습으로 나타나신다면, 본교는 반백 년을 통치할 교주님을 잃게 되는 것이 아닙니까."

"마치 내 속마음을 읽은 듯하군."

색목도왕이 쓴 미소를 머금었다.

"교주님은 언제나 솔직한 얼굴을 하시고 계십니다."

"내 얼굴이?"

"소마가 교주님을 보필한 지가 수년이 지났는데, 의중을 몰라서야 말이 되겠습니까? 교주님께선 중대한 결단을 내리셨고 그것이 교주님의 이계(異界)에 관한 일이 아니십니까?"

"맞다."

나는 감탄하면서 색목도왕을 바라보았다. 오늘 색목도왕의 푸른 눈이 평소보다 더욱 깊어 보였다.

"조금 전에 그대가 했던 말, 내가 어느 날 갑자기 백발로 돌아온다면······."

본교의 교도들을 위해서 내린 결단이지만 어쩐지 색목도왕에게 미안했다.

"죄송합니다."

갑자기 색목도왕이 고개를 숙였다.

"죄송하다니?"

"소마가 괜한 말을 하여 교주님의 심중을 어지럽힌 것 같습니다. 소마가 어쭙잖게 한 말은 신경 쓰지 마시고 교주님의 뜻대로 하시옵소서."

"아니다, 그대가 정확하게 보았어. 다만 내가 내린 결단은 이계에 관한 일이면서도 본교의 일이기도 하다. 흑웅혈마가 오면 자세히 이야기하기로 하지."

흑웅혈마가 올라온 것은 그로부터 십여 분이 흐른 후였다.

방 안에 감도는 무거운 분위기를 감지한 그는 내게 예를 갖춘 뒤 조용히 의자에 앉았다. 나는 어떤 말로 시작해야 할까 생각하다가, "그동안 모두 고생이 많았다."부터 시작했다.

"둘의 희생과 노고가 있었기 때문에 본교는 온전히 자리할 수 있었다."

색목도왕과 흑웅혈마는 조용히 내 말에 귀를 기울였다.

"본교는 그동안 음지에 있었다. 하지만 금번의 대전을 통해 양지로 나왔고 본교는 제국(諸國)의 형세를 띠게 되었다. 하지만 고금 본교의 역사상 이런 전례는 없었다."

"예."

둘이 동시에 대답했다.

"그동안 본교는 본교만의 방식대로 살아가고 있었다. 하지만 더는 그럴 수가 없게 됐지. 그대들도 알다시피 우리는 이제 본교의 교도들뿐만 아니라, 수백만 명의 백성들을 다스리게 되었다. 응당 그러한 권력에는 책임이 따르는 법이다. 하지만 우리는 지금 그러한 책임을 감당할 수가 없다. 이 모든 건 예기치 않게 일어났으니까, 우리는 준비를 하지 않았다."

나는 거기까지 말하고 둘의 반응을 살폈다.

"흑응혈마."

"예, 교주님."

나는 말해도 괜찮아, 라는 식으로 고개를 끄덕여 보였다.

그러자 흑응혈마가 말하기 시작했다.

"본교는 정파 무리들을 파훼하고 황군을 동쪽으로 몰아내는 대승을 이뤘습니다. 신강, 청해, 사천, 섬서, 감숙에 이르기까지 반 천하가 이제 본교의 땅이고 수백만 명의 거주민들은 본교의 통치를 받아야 함이 마땅합니다. 교주님의 말씀대로 이는 예기치 못한 일이라 드넓은 땅을 통치할 준비를 하지 못했습니다. 하오나 본교는 금번의 대전에서 막강한 위세를 떨쳐 더는 본교에 적대할 무리가 없습니다. 국경을 확실히 하고 지금부터 천천히 내실을 키운다면, 교주님께서 천하를 다스리는 데 어떠한 부족함도 없을 것입니다."

"내실을 키운다, 좋은 말이다. 한데 무슨 방식으로 내실을 키울 것인가? 증병하여 국경을 방비하고 백성들에게 세금을 거둬들여 사업을 진행하자는 것인가?"

"예."

"그대의 말대로 우리는 지금 당장 그렇게 할 수 있다. 하지만 그런 것이라면 우리가 아니라 기존에 해왔던 대국의 황제가 더욱 잘할 것이 분명한데, 어째서 우리가 그것을 해야만 하는가? 그대를 나무라는 것이 아니니 편히 대답하거라."

"예, 교주님. 하오면 교주님께서는 대전 이전의 본교를 생각하시는 것입니까? 점령한 땅에서 철수하는……."

"준비가 되지 않았으니, 그것을 하나의 방편으로 들 수가 있다. 그러나 힘에는 책임이 따르는 법. 본교는 대 제국을 이룰 힘이 있으면서도 그동안 사막에만 은둔하고 있었다. 그런데 지금 와서 돌이켜 생각해 보니, 굳이 대전이 아니더라도 언젠가 본교는 사막 밖으로 나와 대 제국을 이뤘을 것이다. 본교의 잠재된 힘은 대단하였으니까."

"예, 그러하옵니다."

흑웅혈마가 크게 동감하며 고개를 숙였다.

"한데 말했듯이 본교는 그날을 준비하지 않았고, 결국 이렇게 갑작스레 그날이 오고야 말았다."

"소마가 감히 교주님께서 걱정하시는 바가 무엇인지 알고 있다고 말씀드려도 되겠사옵니까. 하오나 본교에는 뛰어난 인재가 많습니다. 그들이 교주님의 우려를 타개할 방책들을 내놓고 있는 중입니다."

"갑자기 늘어난 땅을 다시 빼앗기지 않기 위해 만들어지고 있는…… 그 방책들을 말하는 것인가?"

나는 반문했다.

"교주님께서 소마들을 깨우쳐 주십시오."

그때 귀를 기울여 듣고 있던 색목도왕이 말했다. 흑웅혈마도 똑같이 청했다.

"흑웅혈마의 말이 옳다. 내실을 키워야 하지. 하지만 어떻게 내실을 키워야 하는가를 고민하기 이전에 '어떤 내실'을 키워야 하는지를 먼저 고민해 봐야 한다. 나라의 근본 말이다. 사실 그러한 고민들은 본교의 역대 교주들이 꾸준히 생각해왔어야 하고."

나는 잠깐 말을 멈췄다.

둘에게 생각할 시간을 주기 위해서였다. 색목도왕과 흑웅혈마는 아무런 말이 없었다.

소옥이 내놓았던 찻잔의 김만 모락모락 피어오르고 있었다.

"교주님께서 생각하시는 '근본'은 무엇입니까? 소마가 얼마나 살지는 모르나, 교주님께서 바라시는 나라를 이룩하고자 목숨을 다 바치겠습니다."

흑웅혈마가 말했다.

"나는 어떠한 나라를 이룩하고 싶은지, 근본을 어디에 두어야 할지를 생각할 수 있는 인물이 아니다. 나는 그만한 자질과 능력이 없다, 흑웅혈마."

흑웅혈마의 눈이 크게 떠졌다.

"교주님께서는 이미 본교의 교주님이시자 천하의 주인이십니다."

"그대와 색목도왕에게 많이 듣던 소리군. 그래, 나는 이미 그런 자리에 있다."

"교주님께서는 자신을 지나치게 작게 보십니다. 모두 교주님을 뭐라고 하는지 아십니까? 혈마신이 재림하셨다 합니다. 바로 교도들에게는 교주님이 혈마신입니다. 이번 대전에서 교주님께서 그 모습을 보여주시지 않으셨습니까."

스윽.

벽을 가리켰다. 흑웅혈마와 색목도왕의 시선이 벽에 걸린 검으로 향했다.

"대전에서의 그 위용을 다시 과시하라 한다면 더는 못할 것이다. 그때 보여줬던 그 대단한 힘은 내 것이 아닌 바로 흑천마검의 힘이기 때문이다. 그리고 나는 저것을 통제하지 못하고 있지. 그대들이 생각하는 것 이상으로 나는 작다. 내가 이룬 것은 일신의 무공뿐이다."

"교주님께서는 소마와 처음 만났던 그때를 기억하십니까?"

흑웅혈마가 물었다.

전대 교주 검마가 자신의 모든 것을 내게 넘기고 죽은 그날, 갑자기 찾아온 거대한 노인이 떠올랐다. 그리고 나는 그에게 끌려가다시피 해서 혈마교로 향했다.

"외람된 말씀이오나, 교주님은 그날의 어린아이가 아니십니다. 교주님께서는 본교의 내전을 통일하셨고 제일의 무공을 성취하셨으며 대전을 승리로 이끄셔 대국을 이룩하셨습니다. 한데도 무엇이 더 부족하십니까."

"많은 것을 겪었고 성장했지. 하지만 아직 나는 보고 배워야 할 게 많다. 본교를 위해서."

"교주님······".

흑웅혈마가 다시 입술을 뗐지만 색목도왕이 "교주님께서는 이미 결단을 내리셨습니다."라고 말했다. 흑웅혈마는 반쯤 나온 말을 되삼키고는 다시 생각에 잠겼다.

나는 그가 생각을 마치도록 기다렸다.

"본교가 준비가 없는 상황에서 큰 책임을 떠안아야 한다는 말씀······ 옳습니다. 하온데 교주님의 빈자리는 누구도 대신할 수 없습니다. 교주님이 아니 계신 본교는 생각할 수가 없습니다. 본교를 떠나신다면······."

"그것이 걱정되었던 것인가?"

나는 연하게 웃었다.

흑응혈마는 담담한 표정의 색목도왕까지 흘깃 쳐다본 후에 뭔가 잘못 생각하고 있었다는 것을 깨달은 모양이었다.

"본교를 떠나는 것도 맞고, 떠나지 않는 것도 맞다. 나는 떠나지만 그대가 느끼기엔 떠나지 않는 것이 될 테니까."

"교주님께서는 교주님께서 오신 '이계'에 가실 생각을 하고 있으신 것입니다."

색목도왕이 낮은 목소리로 귀띔했다.

"이계……."

"그대도 눈치챘겠지만 나는 지난밤 이계에 다녀왔다. 일년이란 시간 동안."

흑응혈마를 바라보며 말했다.

"생각을 정리할 시간이 필요했었다."

"해서 결단을 내리신 것이군요."

"그래, 지금껏 그대에게 말한 것이 내 결단이다. 나는 준비가 필요하다. 그대들이 본교의 삼일천하를 바라는 것이 아니라면 내 결단을 존중해주길 바란다."

"소마들은 교주님의 뜻에 따를 뿐입니다."

흑응혈마는 그렇게 말했지만 이해가 되지 않는 얼굴을 하고 있었다.

"내가 이계에 얼마만큼의 시간을 보낸들 그대들에게는 눈

깜짝할 시간조차 되지 않겠지. 내게는 일 년이었지만 그대들에게는 아무 일도 없었던 것처럼 말이다. 그대들에게 말없이 다녀올 수도 있었다. 하지만 내가 이렇게 그대들에게 이계로가 많은 것을 보고 배우겠다 공표하는 이유는."

흑웅혈마와 색목도왕이 숨을 죽였다.

"말했듯이 그대들에게는 찰나의 순간이겠지만, 내게는 수십 년에 이르는 긴 시간이 걸릴지도 모르기 때문이다. 그리고 이러한 내 결단과 의지를 그대들에게 보여주고 싶었다."

"교주님······."

흑웅혈마의 얼굴이 아스팔트 위에 녹아내리는 아이스크림처럼 풀어졌다.

"수십 년······입니까?"

색목도왕이 걱정을 담아 물었다.

"얼마나 걸릴지는 모른다. 하지만 한두 해로 끝날 일이 아니다. 나는 목표 없이 무작정 달려왔다. 지금 나는 지금껏 역대 교주들이 세운 혈마교주의 위신을 해치지 않을 정도만이 되었을 뿐이다. 제왕의 위치에 오르기에는 많은 것이 부족해. 특히 본교가 대국(大國)이 되어 세상에 나온 이 순간, 그대들의 교주는 역대 교주들 이상의 능력이 필요하다. 나는 준비가 될 때까지 돌아오지 않을 생각이다."

"교주님께선 진심이시군요?"

"그래."

"본교의 수백, 수천 년 후까지를 내다보시면서요?"

색목도왕이 감격에 젖어 말했다.

"모든 일은 시작이 중요하다. 어떻게 시작하는지, 무엇을 시작하는지에 따라 결과가 달라지니까. 우리는 지금 새로운 본교의 모습으로 시작하는 순간에 있지 않은가? 부족하나마 내가 그 시작을 올바르게 하고자 한다."

쿵!

갑자기 흑웅혈마가 자리에서 일어나 바닥에 무릎을 꿇었다. 색목도왕도 같은 행동을 취했다. 둘이 동시에 "존명!"하고 외치면서 무서워진 눈으로 나를 쳐다보았다.

"교주님, 소마의 청이 있습니다."

색목도왕이 말했다.

"금일부터 칠 일간 큰 축제가 벌어집니다. 그 기간만이라도 소마들과 함께해주십시오."

"축제?"

"교주님께서 책임을 막중히 느끼시고 큰 부담만을 가지신 채 오랜 시간을 보내실까 염려가 됩니다. 축제 기간은 분명 즐거운 나날들이 될 것입니다. 본교의 즐거운 기억을 가져가주십시오. 이계로 가셔서 본교를 떠올리셨을 때, 교주님의 입가에 미소가 번졌으면 합니다. 그것이 소마의 청입니다."

생각도 못했던 말이었다. 나는 색목도왕의 섬세한 면에 감동을 받았다. 이상할 정도로 가슴이 울렁거리고 목이 말랐다. 나는 힘힘 하고 헛기침을 한 다음 말했다.
"그래, 고맙다."

제 2장
봉인

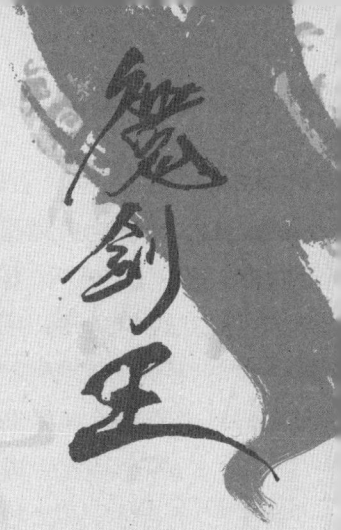

 지천무문의 무공을 패도적이라 칭한다면 혼심사문의 무공은 음험(陰險)하다.

 그들의 무공에는 인간의 욕망이 적나라하게 드러나 있다. 이를테면 섹스에서 오는 쾌락이나 내재된 본성의 파괴 충동 같은 것으로, 그 근원은 밀교적인 사술(邪術) 자체에서 오는 마력(魔力)에 있다.

 "쳐! 쳐!"
 "피하란 말이야!"
 관객석을 가득 메운 교도들이 눈을 부릅뜬 채 단상을 향해 외쳐댔다.

혼심사문의 검로 자체는 위협적이지 않았다.

하지만 바로 정면에서 이를 마주하고 있는 교도에게는 다른 모양이다. 그의 얼굴이 갈수록 일그러지고 있었다. 피가 새어나오도록 이를 악문 교도는 혼심사문 고수가 아닌 다른 무언가와 싸우고 있는 것처럼 보였다.

환각에 현혹되지 말고 팔을 공격해!

나는 속으로 외쳤다.

혼심사문 고수의 기이한 기운은 단전에서 끓어올라 팔에서 더욱 커지는데, 팔 전체에 새겨진 문양 문신에 그 비밀이 있을 것이라고 생각했다.

휘익.

이번에도 지천무문의 검이 허공을 갈랐다.

혼심사문이 날렵하게 피한 것이 아니라, 지천무문이 헛것을 보았는지 처음부터 허공을 노리고 휘둘렀다. 하지만 그곳에는 아무것도 없었다.

그 틈을 놓치지 않고 혼심사문 고수가 펄쩍 뛰며 검을 대각선으로 휘둘렀다. 그리 위협적인 공격이 아니라서 지천무문은 피할 수 있었다.

그런데 지천무문에게 있어 문제는 그 사이에 혼심사문의 공격이 다시 시작된 것이었고, 더 큰 문제는 이런 상황이 계속해서 연출되고 있다는 것이었다.

"흥미진진하지 않은가?"

"예, 태양과 달의 대결을 보는 것 같습니다."

무위만 놓고 보자면 지천무문도가 월등하나, 혼심사문도의 환각술이 그의 부족한 면을 채워 누가 이길지 종잡을 수 없는 대결을 만들고 있었다.

나는 내력을 끌어 올렸다.

스르르 날아오른 사과를 허공에서 낚아채 한입 베어 물었다.

과즙이 입안에 넘쳤다.

입가에 살짝 흘러나온 과즙을 손등으로 닦은 후 단상을 응시했다.

그쪽은 슬슬 결판이 나고 있었다.

스읏!

붉은 핏줄기가 허공으로 튀어 오른 그때, "와아아아아!" 하는 큰 함성이 터졌다.

대기 중이던 무고강마당의 의술사들이 급히 단상 위로 뛰어들었다. 의술사 여럿이 쓰러진 지천무문도를 내려다보며 낄낄거리고 있는 혼심사문도를 밀어제쳤다. 그리고는 지천무문도에게 응급처치를 하기 시작했다.

찰나에 벌어졌던 공방의 결과에 단상 위는 또다시 피범벅이 되었다.

다행히도 지천무문도는 생명에 지장이 없었다.

짝짝짝.

제자리에서 손뼉을 쳤다. 함성 소리가 잦아들더니 다시금

적막이 찾아왔다.

혼심사문의 승리자도 더는 웃지 않고 진지한 표정으로 탈바꿈했다. 그는 콜로세움의 검투사처럼 먼 단상에서 나를 올려다보며 대답을 기다렸다.

색목도왕이 목곽을 불쑥 내밀었다.

각 문(門)과 당(黨)의 대표로 나와 목숨을 걸고 싸운 승리자에게 부여되는 상품이었다. 그 안에는 내력 증진에 좋은 영단과 금이 들어 있다.

두 번째로 흑웅혈마가 길이가 팔만 한 종이 한 장을 내밀었다. 나는 거기에 붓을 놀려 '귀곡사(鬼哭士)'라고 썼다. 혈마교주가 친히 내리는 명호였다.

"하교 귀곡사. 교주님께서 주신 큰 은혜에 목숨을 다해 보답하겠사옵니다."

그는 그렇게 말한 뒤 단상에서 떠났다. 이어서 이장로문과 삼장로문의 대표들이 단상 위로 올라왔다.

색목도왕과 흑웅혈마가 서로를 흘깃 쳐다보더니, 흑웅혈마가 먼저 아무런 관심 없다는 듯 허허허 하고 웃었다.

하지만 잠시 후 흑웅혈마의 수하가 지자, 그는 얼굴이 시뻘게져서 색목도왕을 향해 "삼장로의 수하는 참으로 치사하게 싸우는군!"하고 시비를 걸었다.

그는 승부욕이 유별나다. 나는 웃으면서 흑웅혈마를 말렸다.

대결들을 즐겁게 봤다. 대결 자체가 흥미진진하다기보다

는 열광하는 교도들의 모습이 보기 좋았다. 공격이 아슬아슬하게 빗나갔을 때 아아 하고 터지는 탄식 소리와 승패가 갈라진 순간 터져 나오는 함성 소리를 즐겼다.

대회가 끝난 후엔, 대회장에 차려진 식사를 했다.

수십 분에 걸쳐 고기와 술을 내오는 줄이 끊이지 않고 이어졌다.

내 앞에도 근사한 상이 생겼다. 주위에 포진한 거마들과 연회를 가졌다.

그렇게 식사가 끝났을 때는 늦은 저녁이었다. 흑웅혈마와 색목도왕만 따로 불러 지존천실로 자리를 옮겼다. 우리에게는 아직도 한낮의 여운이 남아 있었다. 하지만 축제와는 별개로 해야만 하는 일이 있었다.

"혼심사문 말씀이십니까?"

색목도왕이 물었다.

"그래, 항마진(降魔陳)과 그와 비슷한 봉인진을 준비해야 한다."

그러면서 나는 벽에 걸어둔 흑천마검과 백운신검을 쳐다봤다. 아니나 다를까, 두 귀물(鬼物)이 우웅 하는 검명을 토해냈다. 흑웅혈마와 색목도왕이 놀라서 나를 바라봤지만 나는 어쩔 수 없다는 듯이 어깨를 으쓱해 보인 뒤 계속 말했다.

"백운신검을 봉인할 것이다."

두 귀물이 팔방을 보고 천 리를 듣기 때문에 봉인 작업을 은밀히 작업하는 것은 사실상 불가능하다.

흑웅혈마가 한참을 말없이 있다가 입을 열었다.

"신물은 속박할 수 없습니다. 저번에 보지 않으셨습니까?"

일전에 흑천마검을 항마진으로 가둔 다음 천년금박에 다녀온 적이 있었다. 하지만 천년금박에서 돌아왔을 때는, 항마진을 일찍이 파훼한 흑천마검이 혈룡좌에 앉아 낄낄 웃으며 나를 맞이했었다.

스르르.

눈을 깜박인 그 찰나의 순간에, 흑천마검과 백운신검이 인간의 모습으로 벽을 등지고 서 있었다.

둘을 무시하고 말했다.

"그대들도 알겠지만 흑천마검과 백운신검은 상성이 맞지 않다. 둘을 같은 자리에 두는 것은 위험천만한 일이지. 해서 이계로 갈 때에 본교의 흑천마검만 가지고 갈 것이다."

"……"

"백운신검은 본교의 신물에 비해 많이 약하다. 더욱이 지금은 많이 쇠약해진 상태지. 본교의 진을 이기긴 힘들 것이다."

쉬이익.

그때 갑자기 백운신검이 날아왔다.

나는 앉은 자리에서 움직이지 않았다.

"교주님!"

색목도왕과 흑응혈마가 나를 보호하기 위해 뛰어들 자세를 취했다. 황급히 둘에게 고개를 저어, 끼어들지 말라는 뜻을 전했다.

―나를 봉인한다고요? 교주.

언성이 올라간 백운신검과는 달리 흑천마검은 선 자리에서 가만히 나를 쳐다만 볼 뿐이었다. 그는 내가 한 말을 깊이 생각하고 있는 듯 보였다.

―내가 잘못 들은 것이지요? 봉인하는 것은 내가 아니라 저 마귀겠지요?

백운신검의 하얀 얼굴이 시야의 가장자리로 들어왔다. 그러나 나는 그녀를 계속 쳐다보지 않았다.

―대답하세요, 교주!

백운신검의 목소리가 고막을 때렸다.

내력을 운용해서 틀어막지 않았다면 고막이 파괴되었을지도 모른다는 생각이 들었다.

백운신검의 기운이 전신을 엄습하기 시작해, 심장이 박동하기 시작했다.

강력한 기운이 어깨를 짓누른다.

코피가 흘러나오는 것을 느꼈다.

"교주님! 괜찮으십니까?"

"괜찮다. 흑응혈마와 색목도왕은 지금 그만 돌아가 혼심사문과 함께 진을 준비하라. 이 일은 우리만 알아서, 교도들의 흥을 깨는 일이 없었으면 한다. 알겠는가?"

"……예."

색목도왕이 머뭇거리며 대답했다.

"가서 준비해라."

"하, 하오나. 백운신검이……."

색목도왕의 푸른 눈동자에는 백운신검이 검체(劍體)로 내 옆에서 발광(發光)하고 있는 것이 맺혀 있었다.

"나는 괜찮다. 그러니 지금 바로 혼심사문과 함께 진을 준비하라."

*   *   *

그날 밤.

옆으로 누워서 자고 있는데 따뜻한 것이 등에 닿아 있다는 것을 깨달았다.

번뜩 잠이 깼다. 고개를 돌렸다. 그 자리에 부드럽게 웃고 있는 한 여인이 있었다. 등에 퍼진 온기로 볼 때 꽤 오랫동안 그렇게 있었던 모양이다.

그녀, 백운신검이 어깨에 올리고 있던 팔을 스르르 내리며 말했다.

―교주, 이제 일어났어요?

나는 적잖이 놀랐다.

오늘 점심까지만 해도 적의를 풀풀 풍겼던 그녀의 입에서 나온 것이라고 하기에는 로맨스 영화에서나 나올 법한 애교가 섞여 있었던 것이다.

"뭘 하는 겁니까."

내가 말했다.

그러자 그녀가 쉬이이잇 하고 바람 소리를 내면서 벽에 걸려 있는 흑천마검을 살폈다.

―놈이 깨겠어요.

미간이 살짝 찌푸려졌다.

백운신검은 그런 내 의도를 파악하고 서둘러 설명부터 하고 나섰다.

―저놈은 지금 허기를 참기 위해 깊게 잠들었어요. 잘 들어요, 교주. 저놈만을 데리고 간다면 교주는 잡아먹힐 것이 분명해요.

"잠이 들었다?"

―그래요.

백운신검이 빙그레 웃으며 작은 목소리로 말했다. 낮의 태도와는 천양지차였다. 나는 갑자기 달라진 그녀의 태도에 도통 적응하기 힘들었다.

그녀가 상체를 일으켜 침대에 걸터앉았다.

아직 동이 트지 않은 한밤이었지만 이상하게 그녀 주위는 벌써부터 새벽빛이 내려앉은 것처럼 환하게 보였다.

흑천마검이 잠들었다더니 그래서 여유가 생긴 것일까.

나는 낮처럼 계속 그녀를 무시하려다가 '잠'에 대해서 물었다

―그동안은 어떻게든 배를 채워온 모양이던데, 더는 방법이 없는 거죠. 깨어 있기보다는 잠을 자면서 힘을 아끼려는 모양이에요. 교주와 나, 우리를 삼키기 위해 적당한 때를 노리는 거죠.

그동안 놈이 너무 조용하긴 했다.

"검집에 봉인된 이상 그러긴 쉽지 않을 겁니다."

내가 대답했다.

백운신검은 너는 아무것도 몰라, 하는 표정으로 고개를 설레설레 저었다.

―우리가 누구인지를…… 교주도 느끼지 않았나요? 검집으로는 놈을 막을 수 없어요.

"그건 그쪽이 몰라서 하는 소리입니다. 나는 그동안 검집 덕분에 목숨을 몇 번이나 건졌습니다. 검집이 아니었다면 내 육신은 진즉 저놈의 뱃속에 들어 있었을 겁니다."

―교주는 저놈에게 속고 있는 거예요. 저 마귀는 너무도 음흉하고 철두철미해서 인간들은 그 속내를 알 수가 없죠. 하지만 나는 알아요. 검집 때문에 교주를 취하지 않는 게 아니라 교주가 그렇게 생각하게 만든 거예요.

더는 입을 열지 않고 백운신검을 빤히 쳐다보기만 했다.

"……?"

백운신검이 무슨 문제가 있냐는 듯한 표정을 지었다. 동시에 그녀의 얼굴 위로 옥제황월의 얼굴이 오버랩된 것은 결코 우연이 아니었다.

내 육감은 이렇게 말했다.

그녀가 거짓말하고 있다고. 아름다운 미소는 단지 가면일 뿐이라고.

―나를 의심하는군요. 그렇죠? 그래서 내가 아닌 저 마귀를 택한 건가요?

그러던 그때 백운신검이 내 쪽으로 몸을 기울였다. 손으로 침대를 짚으며 천천히 기어온 그녀의 얼굴에는 가슴이 두근거릴 만큼 어여쁜 미소가 번져 있었다. 나를 유혹하는 것인가, 하는 생각이 들 때 그녀의 얼굴이 더욱더 가까이 다가왔다. 무엇보다도 키스하고 싶은 그녀의 분홍빛 도톰한 입술이 내 시선을 사로잡았다.

미치겠군.

그녀는 오늘따라 너무도 아름다워 보였다.

견고한 이성의 벽이 허물어지는 것 같았다.

더 늦기 전에 나는 그녀를 밀쳐야겠다고 생각했다.

하지만 옴짝달싹할 수 없는 무언가가 내 몸을 잡고 놓아주지 않았다.

아아.

그때 그녀의 뺨이 아슬아슬 내 뺨에 맞닿았다.

―교주…….

따뜻한 숨결이 귓가에 닿았다.

짜릿한 느낌이 등줄기를 타고 올라와 나도 모르게 어깨를 부르르 떨었다.

동시에 하반신에 힘이 들어가는 것이 느껴졌다. 윤기로 번질거리는 그녀의 입술과는 달리 내 입술은 바싹바싹 메말라 갔다. 꼴깍하고 침 넘기는 소리가 유난히 크게 들렸다.

어깨에 힘이 잔뜩 들어간다. 이대로 그녀를 자빠트리고 싶다는 충동에 휩싸였다.

안 된다는 생각에 이를 악물었지만, 불현듯 또다시 치밀어 오르는 충동에 머릿속이 뒤죽박죽이었다. 이런 내 상황을 즐기기라도 하듯 그녀가 빙그레 웃었다.

쿵쿵!

요부마냥 색기 넘치는 미소에 다시금 가슴이 뛴다.

―잘 들어요, 교주. 지금이 절호의 기회예요. 놈이 잠든 지금 교주와 내가 힘을 합친다면 우리는 천지 사방과 고금 왕래에서 악(惡)을 지울 수 있어요. 그다음에 교주가 원하는 대로 이계에서 배움을 얻으면 되는 거예요.

속삭임이 귓속을 간질였다.

그녀와 잘 수만 있다면 그 무엇이든 못할까.

쿵쾅쿵쾅.

몸 밖으로 나올 듯이 뛰어대는 심장 부위를 오른 손바닥으로 강하게 짓눌렀다. 입가에 크윽 하고 소리가 나올 만큼 힘을 줬다. 그러자 조금이나마 정신이 드는 기분이다.

그럼에도 불구하고 '우선 하고 봅시다!'라는 목구멍까지 치밀어오르는 게 사실이었다.

나는 피가 새어 나올 만큼 이를 악문 뒤에 그녀를 밀쳐내며 말했다.

"설……사 흑천마검이 악이라 해도, 당신이 선이라고 할 수는 없지……. 나는 너를 몰라……. 차라리 흑천마검을 더…… 잘 알고 있어. 둘 중에 택하라면…… 너를 봉인할 거야."

나는 간신히 말했다.

그래서인지 목소리가 덜덜 떨렸다.

하지만 내뱉는 말과는 달리, 머릿속은 우악스럽고 거칠게 그녀를 탐하고 싶다는 생각이 계속 들었다.

내뱉은 말에 후회가 든다.

그녀의 봉긋한 가슴을 가린 백포를 찢어 버리고 가슴 사이로 얼굴을 파묻고 싶다.

그러면 왠지 그녀는 거부하지 않고 나를 더욱더 적극적으로 받아줄 거라는 막연한 기분이 들었다.

─내가 선(善)이라고는 하지는 않았어요. 교주는 아직 날 잘 모르잖아요. 이래서 우리는 서로를 잘 알 필요가 있는 거예요. 그렇죠? 우리가 손을 잡는다면 선이 될 수 있어요.

"……."

―나를 잘 알고 싶지 않나요?

그녀의 입술만 보였다.

붉고.

도톰하고.

번질거리는.

그 입술.

―대답해 봐요. 나를 잘 알고 싶지 않아요? 무엇을 걱정하고 망설이는 거예요…….

요녀다.

역시, 이것은 요녀다.

내 판단은 틀리지 않았다.

나는 백운신검의 실체를 보았다.

그럼에도 불구하고 당장 그녀를 떼어놓을 수가 없었다. 머릿속에선 당장 그녀에게서 떨어지라고 수없이 명령을 내리지만 몸이 말을 듣지 않는다. 아니 그럴 마음조차 없다.

내가 할 수 있는 건 고작 가만히 있는 것뿐이었다.

꿈틀꿈틀.

온몸의 근육들이 제멋대로 움직이는 기분이 들었다.

"왜……."

나는 입을 열었다.

―교주는 착한 사람이에요. 부모를 공경하고 동생을 아끼

고 친구들을 위하죠.

그녀의 목소리는 무척 감미로웠다. 더는 참기가 힘들어 그녀에게 '그만!' 하고 외치고 싶었다.

하지만 그녀가 한 박자 더 빨랐다.

그녀가 말했다.

―나는요, 교주같이 착한 사람이 좋아요.

마지막 대사는 치명타였다.

툭.

머릿속에서 정신의 끈이 끊기는 소리가 들렸고, 나도 모르게 몸을 움직이고 있었다.

우악스럽게 그녀의 어깨를 쥐었다. 그녀의 어깨가 손 안 가득히 들어왔다. 그녀는 '그래요, 어서요.' 하는 표정으로 내게 허락의 뜻을 비쳤다. 이제 더는 그녀의 의사 따위는 중요하지 않았다.

나는 온몸에 쏠린 힘을 그녀를 안는 데 쓸 것이다.

* * *

"……네가 날 유혹한 거야."

나는 스스로도 깜짝 놀랄 만큼 욕정이 깃든 목소리로 말했다.

하아아.

숨소리마냥 거친 동작으로 그녀를 힘껏 밀었다. 그녀가 침대 위로 쓰러지면서 어맛 하고 놀란 소리를 냈지만 정작 표정은 색기 가득한 눈웃음을 짓고 있었다.

이것 봐라?

그런 신검의 표정에 더욱 흥분이 일었다. 충동적으로 그녀의 가슴을 쥐었다. 뭉클한 감촉이 손바닥 전체로 느껴졌다. 움켜쥔 그녀의 가슴을 두 눈으로 직접 보고 싶은 욕구가 머리끝까지 치밀어올랐고 곧 실행에 옮겼다.

그녀의 옷을 찢어 버릴 생각으로 가슴과 함께 그녀의 옷도 함께 움켜쥐었다.

벌써부터 새하얗고 봉긋한 가슴이 눈앞에 아른거렸다.

돌이키기엔 너무 늦어 버렸다.

―크크크…….

무슨 소리가 들렸다.

흑천마검의 웃음소리 같았지만 지금 중요한 것은 놈이 아니다.

무시하고 백운신검의 옷을 찢으려는 그 순간, 등에 강력한 충격을 받았다.

"으윽!"

신음을 흘리며 눈을 떴을 때는 백운신검의 위에 올라타 있는 흑천마검이 보였다. 흑천마검이 양손으로 백운신검의 목을 짓누르고 있었고, 백운신검은 그 아래에서 고통스러운 표정으로 바동거리고 있었다.

"크으으……."

그제야 정신이 들었다.

백운신검의 유혹에 넘어간 잠깐의 순간들이 마치 오래전에 벌어진 일인 것처럼 느껴졌다. 머릿속에서는 그 순간 그때의 기억과 기분들이 파노라마처럼 펼쳐지면서 나를 끔찍한 구덩이 속으로 밀어 넣었다.

백운신검의 유혹에 넘어간 나 자신이 부끄러웠다.

또 나를 유혹한 백운신검에게 분노가 일었다.

'대체 무슨 수를 썼던 것이냐!'

속으로 있는 힘껏 외치며 백운신검을 노려보았다.

그러나 잔혹한 손에 의해 목이 짓눌린 그녀는 나를 의식할 상황이 아니었다.

흑천마검을 떼어내기 위해 안간힘을 쓰고 있었다.

그것도 잠시.

죽은 것이 아닐까 하는 생각이 들 정도로 백운신검의 동작이 뚝 하고 멈췄다. 조금 전까지만 해도 처절하게 움직여댔었다. 그런 백운신검의 가느다란 팔이 지금은 침대 밑으로 축 늘어져 더는 움직이지 않는다.

짜악!

흑천마검이 백운신검의 뺨을 거세게 때리는 소리에 다시 한 번 정신이 번쩍 들었다.

짜악!

흑천마검이 백운신검의 뺨을 한 번 더 갈겼다.

그래도 백운신검이 움직이지 않자, 흑천마검은 내게로 관심을 돌렸다.

흑천마검의 기분 나쁜 눈빛 앞에 나는 발가벗겨지는 듯한 기분이 들었다.

나는 침대에서 내려왔다.

등이 욱신거렸다. 통증으로 볼 때 아주 심하게 베인 듯했다.

"죽인 거냐?"

내가 물었다.

―글쎄.

흑천마검은 그렇게 대답한 뒤에 내게서 시선을 뗐다. 그리고는 백운신검의 턱을 움켜쥐고 그녀의 좌우 뺨을 살폈다. 백운신검의 얼굴이 힘없이 휙휙 돌아갔다.

그녀는 죽거나, 혹은 정신을 잃은 것이다.

흑천마검이 싫증 난 장난감을 다루듯 백운신검의 얼굴을 아무렇게나 뿌리쳤다.

그리고는 그녀의 배 위에서 내려와 내 앞에 섰다.

―크크.

그가 또다시 웃었다.

입만 웃고 눈동자는 그대로였다. 구슬같이 조그마한 눈동자는 여전히 백운신검의 목을 조르던 때처럼 광기가 깃들어 있어 섬뜩한 기분이 들었다.

나는 내색하지 않고 물었다.

"어떻게 된 거지?"

―이 몸이 누누이 경고했을 텐데? 저년은 사람을 홀리는 악독한 계집이라고.

그러면서 흑천마검은 백운신검을 눈으로 가리켰다. 잠깐 한눈판 사이에 백운신검은 미약하게나마 꿈틀거리고 움직이고 있었다. 그때 오른손이 따끔거렸다.

그녀의 가슴을 움켜쥐었던 오른 손바닥에 깊은 검상이 있었던 것이다.

피가 쉴 새 없이 흘러나와 바닥으로 떨어지고 있었다. 침대 위에 뻘겋게 번진 핏자국도 백운신검의 피가 아니라 바로 내 것이었다.

급히 지혈하고 있는데 흑천마검의 목소리가 들렸다.

―애송이, 너는 이 몸에게 백번 감사를 해도 부족하다. 크크크…… 내가 아니었다면 진작 먹혔을 테지.

"사람을 먹어?"

―그래, 저년은 특히나 남자를 좋아하지. 네 녀석처럼 어린 남자는 더욱더.

아득.

또다시 이가 악물어졌다.

―크크크. 그렇게 자책할 필요는 없다. 저년이 네 녀석을 먹고자 마음먹고 움직였는데 고작 인간인 주제에 어찌할 수

있었을 거라 생각하는 것은 아니겠지. 이 몸이 아니었다면 애송이 너는, 영영 저년의 종이 됐을 것이다. 나에게 감사하라고.

"어떻게……."

―이 몸은 거짓말을 하지 않아. 크크크크…….

"젠장."

'나는 여전히 부족하다.'라는 것을 절실히 깨닫는 순간이었다. 자꾸만 치미는 화를 억누르기 위해 연방 노력해야만 했다. 힘껏 쥔 주먹에 자꾸만 힘이 들어갔다.

만일 백운신검이 단순히 인간이었다면 자신의 목적 달성을 위해 미인계를 썼다고 생각하고 그 부분에 대해서만 분통을 터트리면 된다.

하지만 백운신검은 인간이 상상하는 그 무엇이든지 간에 '그 이상의 존재'다. 그런 초월적인 존재가 인간의 어찌할 수 없는 본성을 이용했다는 데에서 상당한 분노와 모멸감을 느꼈다.

나도 모르게 초월자에 대한 환상을 가지고 있었던 것인지도 모른다.

어쩌면 수치감과 분노를 혼동하고 있는지도 모른다.

솔직한 심정으로 이 자리를 피하고 싶었다.

―이제라도 알았으면 됐다, 애송이. 이제 저년의 정체를 알았으니, 이 몸을 막지 마라.

흑천마검이 계속 말했다.

―자, 이 몸을 뽑아라. 이 몸이 진정한 '내'가 되었을 때, 네가 원하는 것을 볼 수 있을 것이다.

흑천마검의 얼굴에 희미한 미소가 번졌다. 그는 자신감에 가득 차 있었다.

그 얼굴에 대고 말했다.

"그렇다고 너의 손아귀에 놀아날 수는 없지."

와락.

흑천마검의 얼굴이 일그러졌다. 그가 순식간에 그 표정을 지우며 섬뜩하게 웃었다.

―이런 고얀 놈을 봤나, 크크크. 구해줬더니 이렇게 나오는군. 하지만 이쯤 해두겠어. 기껏해야 인간인 네 녀석이 천수를 누려 봤자 이백 년을 더 살 수 있을까. 물론 그것도 내가 아량을 베풀어야만 가능하겠지만.

"하……."

―왜 웃느냐.

"내가 죽은 다음 백운신검을 취할 생각이지? 네놈에게 있어 이백 년은 영원의 시간 속에서 찰나에 불과하니까."

―나를 자극하지 마라. 지금 당장 네놈을 먹어치워 버릴 수도 있으니까.

"그것이 궁금하군. 네놈이 나를 먹어치울 수 있다면 왜 지금 그렇게 하지 않는 거지? 나를 먹은 다음 백운신검을 취할 수 있을 텐데?"

―크크크…… 애송이, 네가 제법 마음에 들었다고 해두지.

그럴 리가.

나는 실소를 머금었다.

*　　*　　*

몸에 흉터가 하나 더 늘었다.

거울에 비친 내 등은 스크래치 자국이 심한 스케이트 빙판인 양 흉터로 가득했다. 크고 작은 수많은 흉터들 위로 선명한 검상이 또다시 새겨졌다.

그 상처를 보니 어젯밤의 일이 떠올라 얼굴이 구겨진다.

흑천마검과 백운신검, 둘은 마치 아무 일도 없었다는 듯이 조용하기만 했다. 벽에 덩그러니 걸린 그것들을 떼어다가 용광로에 집어넣을까 했지만, 터미네이터처럼 순순히 'I'll be back' 하면서 들어갈 것 같진 않았다.

내 등판을 보고 있던 색목도왕이 걱정스러운 얼굴로 흑룡포를 건네며 말했다.

"괜찮으십니까? 아무리 무림의 신물이라 하나 교주님께 이리 위해를 가한다면……."

그러면서 그도 벽에 걸린 두 요물을 쳐다봤다. 목소리가 평소보다 낮았다.

어젯밤 이상한 낌새를 차린 그가 이장로문의 일급 고수 전체를 이끌고 왔을 때는 상황이 종료된 상태였다. 하지만 그땐 이미 내 등과 팔에서 흘러내린 피가 침실 바닥에 가득 고여 있었다.

"됐다, 봉인할 것이니까. 하면 혼심사문은 잘들 준비하고 있는가?"

"예, 걱정 마십시오. 그렇지 않아도 교주님께 보고 드리려던 참입니다. 혼심사문도 전원은 금일, 만반의 준비를 갖추고 양굴(陽窟)에 들어가 있습니다."

양굴은 서쪽 작은 봉우리에 위치한 기이한 동굴이다. 흡사 활화산 내부처럼 365일 24시간 내내 뜨거운 곳인데 말로만 들었지 직접 가 본 적은 없었다.

며칠 전 혼심사문주가 백운신검을 보았을 때 음기가 무척 강하다고 혀를 내두르더니, 결국 그 음기를 막을 방편으로 양굴을 택한 모양이었다.

"곧 준비가 끝나겠군?"

"예, 금일 저녁쯤으로 예상하고 있습니다."

그러면서 색목도왕은 백운신검을 바라보았다. 마치 그날이 네년의 제삿날이 될 것이다, 라는 듯한 눈빛과 함께 말이다.

* * *

지난 며칠간 축제는 절정을 향해 치달았다.

그리고 마지막 날인 오늘, 최고조에 이르렀다.

커다란 보름달 아래, 나는 모두가 훤히 내려다보이는 단상 위에 있었다. 거의 눕다시피 의자에 비스듬히 걸터앉아 한 손에는 술잔을, 그리고 다른 한 손에도 술잔을 들고 앉아 있었다.

오늘은 축제 마지막 날이자 저쪽 세상으로 돌아가기로 한 날이다. 그래서 특히 오늘만큼은 취기를 막지 않기로 했다.

우리는 그저 범인들처럼 술에 취해가는 걸 즐겼다.

천천히 술을 마시면서 무대에서 벌어지고 있는 무희들의 춤판을 구경했다.

그러다 색목도왕이 술에 취한 목소리로 몇 마디 말을 걸어오면 나도 그와 비슷한 목소리로 웅얼거리며 대답했다. 우리는 지난 며칠간 많은 대화를 나눴기 때문에, 딱히 오늘이라고 달리 할 말이 있지는 않았다. 싱겁게 "오늘 밤 날씨가 참 좋지 않습니까?" 하는 게 다였다.

와하하.

술에 취해 잔뜩 즐거워진 목소리가 여기저기서 흘러넘쳤다. 언제나 완고한 표정의 흑웅혈마도 오늘만큼은 코 빨간 술주정뱅이가 다 되어 있었다. 그는 비틀비틀 걸으면서 여기저기 참견하고 다녔다. 그것도 웃는 낯으로 말이다.

나와 시선이 마주친 그가 내 쪽으로 걸어왔다.

그때부터 한 걸음씩 옮길 때마다 그의 걸음에 무게가 실렸다.

그리고 내 앞에 이르렀을 때 흑웅혈마의 얼굴에서는 취기가 완전히 사라져 있었다.

심지어 몸에 배어 있던 술 냄새도 모두 가셨다.

취한 사람들이 다 그렇듯, 나는 아무런 까닭 없이 배시시 웃었다.

"왜 조금 더 즐기지 않고요?"

내가 물었다.

"시간이 다 된 것 같습니다, 교주님."

그가 말했다.

나는 고개를 들어 하늘을 쳐다봤다.

어느덧 보름달은 밤하늘 깊숙이 파묻혀 있었다.

"벌써…… 이렇게 됐군요."

나는 중얼거리듯이 말했다.

들고 있던 두 술잔을 시녀들에게 건넨 뒤 팔걸이 옆으로 팔을 늘어트렸다. 머지않아 손끝에서 방울진 알코올들이 뚝뚝 떨어지기 시작했다.

그것들이 한데 뭉쳐서 한 줄기를 이뤘다. 그리고는 계단을 타고 아주 조용히 미끄러져 갔다.

점점 또렷해지는 시야만큼이나 마냥 즐거웠던 감정들도 사라지기 시작했다.

그 빈자리로 아쉬움이 차오른다. 하지만 앞으로 후회는 없을 것이다. 지난 일주일간 혈마교에서의 즐거웠던 기억들을 부족함 없이 가슴에 담아뒀기 때문이다.

 양굴(陽窟)이 열렸다.
 동굴 벽에는 귀신 형상의 진들이 새겨져 있었고, 벽에 걸린 횃불들은 금방이라도 꺼질 듯이 위태로워 보였다.
 안쪽으로.
 구부정하게 앉아서 악귀(惡鬼)의 음산한 분위기를 자아내는 사람들로 가득했다.
 산발한 머리칼. 섬뜩한 붉은 눈빛. 기괴한 호흡.
 그들이 무리 지어 있는 모습은, 흡사 막 무덤에서 기어나오는 굶주린 좀비 떼 같았다. 모두 지칠 대로 지쳐 있었고 눈에는 독기만이 남아 있었다. 톡 하고 건드리면 바로 달려들어 온몸을 사정없이 물어뜯어 버릴 것 같은 분위기였다.
 웅얼웅얼.
 모두 잘 알아들을 수 없는 부정확한 발음으로 중얼거리고 있었는데, 기이한 발음과 목소리들이 동굴 안의 분위기를 한층 음산하게 만들었다.
 나는 전방에 걸린 백운신검을 쳐다보았다.
 굵기가 손목만 한 검은 쇠사슬이 먹이를 옭아맨 구렁이처럼 그녀의 온몸을 휘감고 있었다. 얼마나 몸부림쳤었던지,

그녀는 기운을 잃고선 긴 머리칼만 늘어트리고 있었다. 오 일 전에 그녀가 보여주었던 엄청난 모습과는 영 딴판이라고 할 수 있었다.

"완전히 힘이 빠졌군."

나는 혼잣말로 중얼거렸다. 그러면서 조금은 안쓰러운 마음도 들었다.

그녀가 내 목소리에 반응을 했다.

팟!

얼굴을 가린 머리칼 사이로 한 줄기 날카로운 눈빛이 번뜩였다.

그때부터 철컹하고 쇠사슬 소리가 크게 나기 시작했다.

그녀를 향해 외우는 혼심사문도들의 주문 소리도 덩달아 커져 동굴 안은 순식간에 시끄러운 소리들로 가득 차게 되었다.

언제부터인지 흑천마검이 내 옆에 서 있었다. 오 일 전 그날처럼, 백운신검이 발광을 하면 흑천마검 자신이 직접 나서겠다는 의지로 보였다.

흑천마검의 소리 없는 웃음이 효과가 있었던 것일까. 나를 매섭게 노려보던 백운신검은 아예 눈을 감아 버렸다. 요동치던 쇠사슬의 움직임도 동시에 멈췄다.

"시작하지."

내가 말했다.

그 순간부터였다.

고오오.

동굴 안에 감돌던 고요한 죽음의 선율이 격정적으로 바뀌었다. 소리가 커진다.

기운을 끌어 올렸다.

넋을 놓고 있다가는 그들의 사념이 내 정신의 빈틈을 비집고 들어올 게 분명했기 때문이다.

색목도왕과 흑웅혈마도 내력을 끌어 올린 채, 꽤 긴장한 얼굴로 백운신검에게서 눈을 떼지 않았다. 오로지 흑천마검만이 여유로워 보였다. 그는 백운신검이 마지막 발악을 하길 원하는 것처럼 보였다.

혼심사문주가 주문을 외우면서 자리에서 일어났다.

그것을 시작으로 혼심사문도 모두가 자리에서 일어났다.

그들은 아주 천천히 쇠사슬로 속박된 백운신검을 향해 접근하기 시작했다. 수백 명의 사람들이 백운신검과 일 미터도 되지 않는 거리에 밀집하였다.

사람들에게 가려 백운신검은 더 이상 보이지 않았다.

실 줄기처럼 새어나오던 백운신검의 마지막 기운마저도 더 이상 느껴지지 않았다.

"봉(封)!"

혼심사문주의 목소리가 소리들을 뚫고 나왔다.

끝이다.

사내들의 거친 호흡 소리만 들렸다.

혼심사문도들이 제자리에 주저앉기 시작하면서 백운신검의 모습이 다시 드러났다.

그녀가 검 본연의 모습으로 보였다. 백운신검의 검 자루에 박힌 백옥에서는 더 이상 그 영롱한 빛이 사라져 보이지 않았다.

검을 칭칭 휘감은 쇠사슬의 묵광(墨光)만이 뚜렷해져 있었다.

흑천마검까지 의미심장한 웃음소리를 흘리며 사라지고 나자, 백운신검이 봉인되었다는 사실이 더는 의심할 수 없을 만큼 확실해졌다.

혼심사문주가 내게 다가왔다. 나는 그에게 수고했다는 눈빛과 함께 고개를 끄덕여 보였다.

나와 색목도왕, 그리고 흑웅혈마는 양굴 밖으로 나왔다.

"이제 가시는 것이옵니까?"

나를 돌아본 색목도왕의 눈동자가 아련하게 흔들리고 있었다.

나는 줄곧 매만지고 있던 검 자루에서 손을 뗐다. 막상 저쪽 세상으로 돌아가 오랫동안 이들을 못 볼 것이라는 생각이 들자, 어쩔 수 없는 아쉬움이 다시 고개를 들었다.

나는 색목도왕과 흑웅혈마를 번갈아 쳐다본 뒤 억지웃음을 지었다.

"눈을 감아보십시오. 두 분께서 눈을 다시 떴을 때 저는 그대로 이 자리에 있을 것입니다. 그때 어쩌면 두 분보다 제 나이가 더 들어 있을지도 모르겠군요."
 색목도왕과 흑응혈마는 헛웃음을 삼켰다.
 "목표한 바 이루고 돌아오겠습니다. 그럼……."
 때가 됐다는 것을 느낀 둘은 무겁게 고개를 숙였다.

제 3 장

뉴욕

세계 경제의 중심지 뉴욕.

도시민들이 맨해튼 중앙에 자리 잡고 있는 그 거대한 오아시스에서 휴식을 취하고 있었다.

시프 메도우의 잔디밭에 모포를 깔아 놓고, 따사로운 햇살에 일광욕을 하고, 발토 동상이 있는 나무 그늘 밑에서 독서를 하고, 베데스다 분수대에 걸터앉아 키스를 나눈다.

이른 아침에 오면 호숫가를 따라 조깅을 하는 청년과 아가씨를 볼 수 있고, 해 질 무렵쯤이면 서로 손잡고 산책을 하는 노부부를 만날 수 있다. 그러다 운이 좋으면 공원 한쪽, 그레이트 론에서 무명 음악가의 클래식 기타 연주와 젊은 예술가의 행위 예술을 감상할 수 있다.

 맨해튼에 도착한 지 며칠이 지난 날.

 나는 그날도 어김없이 센트럴 파크의 한 벤치를 차지하고 앉아 영어 공부를 하고 있었다.

 내 맞은편에는 시연이 앉아 책을 읽고 있었다.

 아시안 둘이 할 일 없이 앉아만 있었으나, 그것이 그리 희귀한 장면은 아니라서 우리에게 관심을 보이는 사람은 없었다. 잠깐 고개를 한번 돌려보기만 해도 아프리칸, 아메리칸, 히스패닉, 다양한 사람들이 남의 시선을 신경 쓰지 않고 각자의 방식대로 휴식을 취하고 있는 모습들이 시선에 들어오기 때문이다.

 '응?'

 문득 시연과 눈이 마주쳤다.

 조금 전까지만 해도 맞은편 벤치에서 문학 서적을 보고 있던 그녀가 나를 응시하고 있었다. 눈이 마주치자마자 그녀는 눈웃음을 지으며 물었다.

 "그동안 저 놀린 거죠? 그렇죠?"

 분홍빛을 띠는 입술이 동그랗게 모였다.

 "예?"

 "맨해튼에 와 본 적 있으면서 아닌 척, 그런 거죠?"

 그녀가 무슨 이유로 그런 말을 하는지 몰라 나는 어깨만 으쓱해 보였다.

그녀가 건너편 벤치에서 나를 물끄러미 쳐다보면서 물었다.
"그렇지 않고서야 여기에서만 이러고 있을 리가 없잖아요. 날씨도 좋은데."
그녀의 화사한 얼굴에는 많은 사랑을 받고 자란 사람만이 지을 수 있는 그런 천진난만함이 깃들어 있었다.
"아니면 사람 많은 데는 싫어하는 건가요? 여기 와서 센트럴 파크만 오가는 것 같던데요."
흔히들 뉴욕 하면 다운타운, 럭셔리 명품샵이 즐비한 5번가와 뉴욕 패션의 중심인 소호, 그리고 상업 지구의 초고층 빌딩들과 자유의 여신상부터 구경하고 싶어 한다지만……. 나는 그녀의 말대로 사람이 많고 소란스러운 곳은 좋아하지 않는다.
내가 대답 없이 살며시 미소만 머금자 그녀의 얼굴이 조금 더 밝게 변했다. 내가 부르면 언제라도 뛰어올 수 있다는 듯이 그녀가 내 쪽으로 몸을 기울였다.
"저도 그래요. 복잡한 데는 질색이에요. 우리 제법 취향이 맞지 않아요?"
그녀는 편한 운동복 차림이었지만, 그것마저도 프랑스의 유명 디자이너의 자수가 새겨져 있었다. 그런 차림으로 사람이 북적이는 곳이 싫다니.
웃음이 나왔으나 참았다.
나와 가까워지려고 노력하는 사람에게 그건 예의가 아니

라고 생각했다.

그녀가 미처 잊고 있었던 것이 생각났다는 듯 "아 참!"하면서 자리에서 일어나 내 옆에 와 앉았다. 그녀는 세 뼘 정도 떨어진 자리에서 내 쪽으로 몸을 돌렸다.

"거긴 어때요? 할렘가요. 그쪽 주민들하고 트러블은 없나요? 아시안 혼자서 살면 툭툭 건드릴 것 같은데."

"일찍 나오고 늦게 귀가하다 보니 할렘가 사람들하고 마주칠 일이 적습니다."

"네? 그 거리를 밤늦게 걷는다고요? 그러다 운 나쁘면 건샷(Gun shot) 당한다고 말씀드렸을 텐데……."

시연이 걱정스러운 표정과 함께 고개를 설레설레 저었다.

"매일매일 기숙사 자리 알아보고 있으니까 당분간만이라도 조심히 다니세요."

"고맙습니다."

나는 짧게 고개를 숙였다. 그런 내 모습에 그녀의 콧잔등에 잔주름이 잡혔다.

그녀는 곧 표정을 밝게 바꾸며 계속 말했다.

"이제 다음 주부터 수업 들으셔야 할 텐데 영어는 괜찮나요? 적응 좀 되는 거 같아요?"

"사실 그게 문제입니다. 어느 정도의 회화는 가능하지만 교수님들의 강의는 자신이 없네요. 따라갈 수 있을지 걱정이 됩니다만, 당장 다음 주부터 학교에 나가야 하니 한번 나가

본 후에 방법을 찾아볼 생각입니다."

"어학연수 경험은 없으시죠? 사법고시 패스한 후에 바로 오셨으니까."

"네."

그녀는 알겠다는 듯이 고개를 끄덕거렸다.

"솔직하게 말씀드리자면 많이 힘들 거예요. 저도 그래서 얼마나 주눅 들었는지 몰라요. 우선 강의 들어 보시고 못 따라가겠으면 ALP부터 이수하는 게 좋을 것 같아요. 저도 그랬거든요. 어학연수 비용도 청구가 가능하니까요."

고개를 살짝 끄덕였다.

미국 전·현직 대통령들의 모교, 8대 아이비리그 명문대학 중 하나, 수많은 노벨상을 배출한 학풍, 미국에서 다섯 번째로 세워진 역사가 긴 대학.

부지만 놓고 봤을 때, 컬럼비아 대학은 서울대에 비해 작은 편에 속했다.

도심 속에 자리하고 있어서 고풍적인 건물로 인상적인 기념 도서관 '로우'에 이르러서야 캠퍼스 안이구나 하는 생각이 든다. 널찍한 사각형의 잔디밭들이 형성되어 있었고 타일이 깨끗하게 깔려 있었다. 조용하고 한적했다.

할렘가와는 불과 몇 분 거리지만, 힙합 음악이 곳곳에서 들려오고 골목 모퉁이마다 쓰레기봉투가 산처럼 쌓여 있던 그곳과는 전혀 다른 세상같이 보였다. 마치 보이지 않는 투명한 벽이 둘 사이에 놓여 있는 듯하다.

미묘해.

속으로 중얼거리며 강의실 건물로 향했다.

밖과는 달리 건물 안에서만큼은 학생들이 분주하게 움직이고 있었다.

다양한 피부색만큼이나 외모도 다양했으니, 이 좁은 건물 안에 전 세계 인종이 다 모인 듯 보였다.

나는 어제저녁에 프린트한 시간표를 들고 두리번거리며 걸었다. 딱 봐도 신입생 같아 보였는지, 라틴 계열의 한 여학생이 다가와 그녀의 안내를 받아 시간에 맞춰 강의실에 들어갈 수 있었다.

"다음에 또 봐요. 부르스 리(BRUCE Lee)."

그녀가 헤어지면서 윙크를 보냈다. 그 윙크에 어떻게 화답해야 할지 몰라 고개를 짧게 숙였다 들었을 때, 그녀는 이동하는 학생들 무리 속으로 사라지고 없었다.

나는 아시안 중에서 눈에 띄는 편인 듯했다.

내가 그것을 알게 된 것은 경영학 강의 중 하나인 자본론에서 한 백인 남학생이 나를 '키 큰 아시안, 정(Jung)'이라고 불렀고,

모두가 약속이라도 한 듯 나를 쳐다봤기 때문이다.

그때 한 인도계 남성이 자리에서 벌떡 일어나 인종차별적인 언행이라면서 언성을 높였다.

백인 남학생이 거기에 반문했다.

두 학생 간의 공박이 계속됐지만, 내 영어 실력으로는 대략적인 의미만 가까스로 파악하는 정도였다. 그 싸움은 결국 백인 남학생의 사과로 끝이 났다.

하지만 정작 사건 당사자인 나는 그 싸움에 조금도 끼어들지 못했다. 머릿속으로 할 말을 정리하고 나면 다른 화제로 이야기가 넘어간 상태였다. 답답했다.

일상생활에서도 한 박자 뒤처지는 영어 실력으로는 전공 수업을 따라갈 수 없을 거라고 생각해왔다. 아니나 다를까, 전공 수업에서 교수가 도통 무슨 말을 하는지 알 수가 없었다.

눈만 멀뚱멀뚱 뜬 채로 수업이 끝났다.

"How was the lecture?"

영어.

그러나 익숙한 목소리.

그녀였다.

몸을 돌리자 시연이 빙그레 웃고 있었다.

그녀는 속옷이 살짝 비치는 얇은 브이넥 티셔츠(이쪽에서는 거의 평상복 수준이지만)를 입고 있었다. 그녀가 굳이 허리를 숙이지 않더라도 가슴골이 훤히 보였다.

하얀 피부.

나도 모르게 시선이 잠깐 그곳에 쏠렸다.

그녀와 눈을 맞춘 다음 가방을 정리하며 말했다. 수강생들이 강의실에서 나가는 중이라 주변이 번잡스러웠다.

"역시 안일하게 생각해서는 안 되겠더군요. 그런데 여기에는 어떻게?"

나 역시 영어로 대답했다. 그러나 부정확한 발음이 계속 귀에 거슬렸다.

"몰랐구나. 우리 다음 수업 같이 들어요."

그녀도 영어로 답했다.

"점심시간 후에 시작하지 않습니까?"

시연이 흥 하고 콧방귀를 뀌었지만 눈은 웃고 있었다.

"점심 같이 하자는 거죠. 오늘은 구내식당에서 먹어요. 스파이더맨 봤죠? 피터가 거미에 물린 후로 배드 보이들을 혼내줬던 곳이 바로 거기예요."

그녀가 얍 하고 엉성하게 팔을 뻗었다.

수프와 오렌지, 그리고 오일 소스가 뿌려진 파스타와 삶은 계란 하나가 오늘의 점심 메뉴였다.

"ALP부터 이수하겠다고요?"

시연이 놀라서 물었다.

불과 며칠밖에 지나지 않았지만 그녀는 자신이 먼저 그 말을 꺼냈다는 것을 완전히 잊어먹은 모양이다.

"네, 어학연수 프로그램부터 이수할 생각입니다."

그녀는 잠깐 생각을 하더니 계속 말했다.

"아직 등록 기간이라 접수할 수는 있긴 하지만, 그래도 웬만하면 정규 코스를 이수하는 게 좋지 않을까요. 진욱 씨, 영어 꽤 하실 것 같은데요?"

사법시험을 준비하면서 토익 950점을 받아 놓았다. 분명 고득점이지만 그렇다고 그 점수가 회화로 바로 이어지지는 않았다. 나는 시연의 물음에 살며시 미소만 띠었다.

그녀도 알겠다는 듯이 고개를 끄덕였다.

"뭐, 시간만 괜찮다면 저도 ALP를 추천해 드리고 싶어요. 도움이 많이 되거든요. 꼭 영어뿐만이 아니더라도, ALP 기간에는 여유 시간이 많아서 여러 가지 하고 싶은 것들도 준비하실 수 있을 거예요. 교내에 많은 프로그램들이 마련되어 있으니 이것저것 알아보시고 참여해 보세요. 이곳저곳 여행도 다녀 보시고요. 이런 게 다 공부잖아요. 안 그래요?"

그녀가 계속 말했다.

"진욱 씨를 보니 나도 다시 ALP 시절로 돌아가고 싶네요. 전공은 스케줄이 너무하잖아요……. 있죠, 그런 의미로 이번 주말에 시간 어때요? 내게 근사한 초대권이 있는데."

그녀의 스케줄이 너무한 것과 내 개인적인 시간과는 아무런 상관관계가 없었지만, 그녀는 너무도 자연스럽게 웃고 있었다.

"학교, 숙소, 공원만 돌면서 책만 보지 말고요. 가끔은 영화도 보고 파티에도 가는 것이 영어 공부에 더 도움이 될 거예요. 내가 가지고 있는 초대권이 뭔지 알아요?"

그녀가 후훗 하고 자신감 넘치게 웃었다.

"예?"

"〈그린 애로우〉의 제작 발표회 VIP 초대권이에요."

어떠냐!

그런 표정이었다.

하지만 정작 나는 아무런 감흥도 없었다.

그게 뭐 어쨌단 말인가.

그녀가 내 얼굴을 쳐다보면서 계속 말했다.

"아……. 모르시겠구나. 스파이더맨 알죠? 그린 애로우도 그렇게 유명한 코믹스예요. 중요한 건 주연 배우가 팀 모리슨하고 사라 맨던스라는 거예요. 그리고 저한테 그 제작 발표회의 VIP 초대권이 있고요."

그녀는 금세 살짝 나사가 풀린 표정과 함께 나를 빤히 쳐다봤다. 거기에 대고 '나는 그 둘이 누군지도 모르고 관심도 없습니다.'라고 대답할 수는 없었다.

하는 수없이 "예."라고 대답하자 그녀가 그럴 줄 알았다는 듯이 환하게 웃었다.

"그럼 이번 주말에 진욱 씨가 내 파트너 해주는 거예요."
"파트너 말입니까?"
"영화 제작 발표회이긴 한데 VIP를 대상으로 파티 형식으로 치러지거든요. 파트너가 있어야 해요."

내가 거절의 뜻을 전하려고 할 때였다. 그런데 그녀가 먼저 고개를 좌우로 저었다.

"No no. 거절할 거면 우선 가보신 다음에 결정하세요. 그땐 돌아서도 원망하지 않을게요. 그럼 그렇게 하는 거예요? 알았죠? 정말 근사한 파티가 될 거라구요. 이를테면 음……."

그녀의 얼굴에 환한 미소가 번졌다.

"웰컴 투 뉴욕이랄까요?"

그녀가 말했다.

* * *

뉴욕의 땅값은 비싸다. 그것은 아이비리그에 속해 있는 명문대학인 컬럼비아의 좁은 부지만 봐도 알 수 있는 사실이다. 할렘가도 뉴욕, 그것도 맨해튼에 위치해 있는 이상 높은 땅값은 마찬가지였다. 시연이 건넨 월세 납입 영수증을 보면서 나는 고개를 설레설레 내저어야 했다.

그때 시연이 내 사진이 박힌 학생 카드 한 장을 내밀었다.

"그리고 이건 APL 등록증. 1년 코스인데 성취도에 따라서 클래스를 옮길 수 있어요."

"고맙습니다."

난 학생 카드를 받아 지갑에 넣었다.

"고맙긴요. 진욱 씨도 한국에서 후배가 들어오면 똑같이 해야 하는걸요? 그렇다고 오해는 말아요. 의무감으로 이러는 거 아니니까요."

나는 너무나도 솔직한 그녀의 성격과 말투에 깜짝깜짝 놀라곤 한다.

그녀가 내 약지 손가락에 끼어 있는 커플링을 슬쩍 보더니 흠흠 하고 의미를 알 수 없는 콧소리를 냈다.

'한눈팔면 죽어.' 라고 웃으며 손가락에 반지를 끼워주던 바다의 모습이 또다시 생각이 나, 나는 곤란한 기색을 드러냈다.

"여자 친구 예뻐요?"

그녀가 아무 일도 없다는 듯이 평상시와 똑같은 얼굴로 물었다.

노트북을 가지고 나왔다면 하드 디스크에 저장되어 있는 그룹 4C의 뮤직비디오를 보여줄 수 있을 텐데.

그렇게 생각하고 있을 때 시연이 다시 물었다.

"진욱 씨, 과묵하다는 소리 많이 듣죠?"

"과묵한가요?"

"내가 아는 남자들 중에 제일로요. 진욱 씨는 그래요, 많이 과묵해요."

하긴.

나는 말을 많이 하는 편이 아니다.

"그렇다고 대답 안 해주실 거예요? 한국에 있는 진욱 씨 여자 친구, 정말 궁금해요. 어떤 사람이에요?"

시연이 물었다.

하늘을 가릴 만큼 울창하게 자란 느릅나무들 사이로 바람이 불 때마다 그녀의 긴 머리칼이 하늘하늘 날렸다. 그녀가 느릅나무 그늘 아래 고동색 벤치에 앉아 만들어낸 풍경은 한 폭의 수채화였다.

백인이든, 흑인이든, 아시아인이든지 간에 남자라면 누구나 한 번씩 그녀를 힐끔거렸다.

나는 아름다운 그녀가 무엇이 아쉬워서 내게 이러는지 이해가 되지 않았다.

그녀는 분명히 내게 호감을 내보이고 있었다.

"바다는 내게 있어 정말 감사한 아이입니다. 가장 힘들 때 곁에 있어준 아이입니다."

"이름이 바다예요? 예쁜 이름이네요. 얼굴도 이름처럼 예쁘겠죠?"

"그럼요."

망설이지 않고 대답했다. 그러자 그녀의 얼굴 위로 쓸쓸한 미소가 스치고 지나갔다.

우리 사이에 잠깐 어색한 공기가 흘렀다.

그녀는 딱히 할 말이 없어졌는지 "이번 주말, 정말 근사할 거예요."라고 혼잣말하듯이 말했다.

그날 밤 집으로 돌아온 나는 메신저에 접속했다. 영아와 바다가 있을까 해서였다. 모니터 왼쪽의 전자시계가 막 PM 10:00로 바뀌고 있었다. 동시에 '정영 님에게 화상 채팅에 초대받았습니다. 수락하시겠습니까?' 라는 메시지가 떴다.

예를 클릭했다.

그러자 노트북 모니터 한편에 영아의 얼굴이 큰 창에 나타났다.

내 얼굴은 창 오른쪽 구석에 조그맣게 자리 잡았다.

처음 해 보는 화상 채팅이었다.

이미 수년 전부터 상용화된 기술이었지만, 새삼 세상 참 좋아졌다는 생각이 들었다.

친구 목록을 살펴봤지만 바다는 없었다. 그리고 보면 바다는 메신저에 접속한 적이 없었다. 가수 활동을 본격적으로 시작해 무척 바쁜 모양이었다.

"뉴요커 씨!"

영아가 젖은 머리칼을 하얀 수건으로 털면서 놀란 표정을 짓고 있었다.

나는 영아가 있는 곳이 예전 우리 집이 아니라는 것을 단번에 알아차렸다. 영아의 등 뒤로 원목 책상과 정돈되지 않은 2층 침대가 보였다.

"기숙사 들어갔어?"

내가 물었다.

"어, 오빠도 없는데 혼자 살기 뭐해서. 여기 생각보다 괜찮아. 강의실까지 자전거 타고 5분? 그래서 이렇게 늦장 부리고 있지."

영아가 히히 하고 웃었다.

다행히 좋아 보였다.

"오빠는 어때?"

"반년 정도 더 늦게 들어갈 것 같다."

"왜?"

"영어 때문에."

"영어? 조금 의외다. 오빠가 못하는 게 다 있네? 하긴, 생각해 보니까 어학연수 한 번 갔다 온 적 없잖아. 왜 그걸 생각 못했을까. 오빠라면 다 잘할 줄 알았나 보다."

"그러니까 너도 평소에 영어 공부 많이 해둬."

"그렇지 않아도 매일 학원 나가고 있네요. 그런데 뭐 없어? 뉴욕까지 갔는데 어째 달라진 게 없는 거 같아. 거기 얘기 좀 해줘 봐. 뉴욕은 좋아? 좋지?"

"사람 사는 곳이 다 똑같지."

"뭐야, 잠깐만."

영아의 손바닥이 화면을 가렸다. 화면이 다시 잡혔을 때는 시점이 침대가 있는 쪽에서 문 쪽으로 바뀌어 있었다. 잠시 후, 원래 방향으로 돌아갔을 때는 영아가 갈색 셔츠 차림으로 자리에 앉아 있었다. 영아가 얼굴에 스킨 토너를 바르며 말했다.

"내 그럴 줄 알았어."

"뭐가."

"기껏 뉴욕 보내주면 뭐해. 사람이 하나도 즐길 줄을 모르는데. 진짜 애늙은이라니까. 타임스 스퀘어도 안 가 봤지? 소호는? 5번가는? 브로드웨이는? 엠파이어 스테이트는? 쯧. 그러지 말고 이왕 간 김에 좀 즐기고 다녀. 내가 다 답답해. 사람끼리 부대끼고 그러는 게 다 사회 공부고 영어 공부 아니겠어? 오빠는 안 봐도 뻔해. 만날 책상에만 앉아 있을 것만 같단 말이지. 그럴 거면 신림동에 들어가는 거하고 뭐가 달라."

영아의 입에서 쉴 새 없이 나오는 잔소리에 살짝 웃음이 새어나왔다.

"왜 웃어?"

"이미 그런 얘기 들어서."

"내가 못 살아. 누구?"

영아가 이번에는 로션을 바르고서 얼굴을 두드리며 물었다.

"선배."

"한국 사람?"

"장학 프로젝트로 먼저 온 사람이 있어."

대번에 영아가 그 말을 반겼다.

"잘 됐네. 그럼 그 선배에게 뉴욕 구경 좀 시켜 달라 해. 방에만 있지 말고, 사진도 찍고. 응?"

"그래서 이번 주말에 같이 나가기로 했어."

"어디?"

"영화 제작 발표회."

"무슨?"

"그린 애로우라는 코믹스라는데 너도 잘 모를걸."

"그러게, 아이언 맨 같은 거야?"

나는 말없이 고개를 끄덕였다.

"영화 제작 발표회라……."

영아는 그렇게 중얼거리면서 알쏭달쏭한 표정을 지었다.

나는 또다시 말없이 고개를 끄덕였다.

영아는 아무렴 어때, 라는 듯한 표정을 짓더니 매우 흥미로운 얼굴이 돼서 화면에 바짝 다가왔다.

나도 모르게 뒤로 몸을 뺐다.

"재미있네. 영화 제작 발표회라니. 아무튼 무슨 영화인지는 모르겠지만 나도 그런 거 꼭 한번 가보고 싶다. 아무래도 한국에서 하는 거랑은 다를 거 아냐. 그럼 감독은 누구래? 조지 루커스나 샘 레이미 같은 그런 사람은 아니지?"

영아가 설마, 라는 전제하에 말했다.

"감독은 모르겠다. 배우도 처음 듣는 이름이었어."

그럼 그렇지.

영아의 얼굴 위로 그런 문구가 떠올랐다.

"저예산 영화인가 봐. 어쨌든 잘 다녀와. 배우 이름이나 말해 봐."

"팀 모리슨, 사라 맨던스."

그런 이름이었다.

"어? 팀 모리슨? 팀 모리슨이라고?"

영아의 억양이 눈에 띄게 올라갔다. 영아는 모니터를 통해 나를 빤히 쳐다본 후에 훗 하고 짧게 웃었다.

"오빠, 팀 모리슨 몰라?"

"나는 영화를 안 보니까."

"안 보긴. 저번에 오빠 고시 합격하고 나서 전주 내려갔을 때, 나랑 영화관 가서 봤잖아. 타깃 이즈 화이트 하우스, 거기 나왔던 주인공이잖아. 리어나도 디캐프리오 말고."

"테러범?"

"맞아, 걔가 팀 모리슨이야."

영아의 말에 그때 봤던 영화를 머릿속에 되새겼다.

그 영화는 테러 행위를 막는 영웅담을 그린 뻔한 액션 영화는 아니었다. 미국의 상징적 의미인 백악관을 폭파시키기 위해 활동하는, 미국에서 태어난 백인이면서 알라를 믿는 한

테러범의 시점으로 만들어진 영화였다.

결국에 디캐프리오가 연기한, CIA 비밀 요원에 의해 그 백인 테러범은 검거되지만, 영화는 결국 백악관이 파괴되면서 끝났다. 그로 인해 영화는 미국 내에서 꽤 오랫동안 논란의 중심이 되었다는 이야기를 영아에게서 들은 적이 있다.

영화를 좋아하지 않고 즐기지 않는 내게도 그는 기억에 남는 배우였다.

"팀 모리슨이라면 그 영화 괜찮겠는데? 제작 발표회면 이제 만들어지는가 보네."

영아가 부쩍 흥미를 보이며 말했다.

"그렇겠지."

"운 좋으면 직접 팀 모리슨도 볼 수 있는 거지? 그렇지?"

"그건 모르겠는데."

"아아…… 좋겠다."

이미 영아는 환상 속에 빠진 얼굴이었다.

* * *

ALP 분반 테스트를 거쳐 4레벨 반에 들어갔다.

4레벨 반은 일상 회화는 가능하지만 정규 수업이나 전문직에서 일하기에는 부족한 학생, 또는 비즈니스맨, 타 국적의 전문직 종사자들로 이루어져 있었다.

담당 강사는 샘 곰리라는 삼십 대 중반의 백인이고 반 인원은 나를 포함해 총 13명이다.

언어 연수 프로그램이니만큼 미국 토박이는 담당 강사가 유일했다. 나와 같이 수업을 듣는 학생들 출신지는 아시아에서 넷, 유럽에서 넷, 남미에서 셋, 중동에서 둘로 다양한 인종이 모여 있었다. 나이도 적게는 십 대 후반부터 많게는 오십 대 초반까지로 천차만별이었다.

그중에 가장 눈에 띄는 사람은 단연 같은 한국 사람인 신철민이었다.

그는 반년 먼저 ALP 프로그램을 이수하고 있었다.

1레벨부터 반년이 지난 지금 4레벨 반으로 올라올 수 있었고, 잠깐 이야기를 나눠 보니 맨해튼의 한인 유학생들과 꽤 어울려 다니는 모양이었다.

많은 이야기를 나누어보지 않아도, 그가 자존심이 강하다 못해 자신을 과장되게 꾸미고 남 위에 군림하기 좋아하는 사람이라는 것은 금방 알 수 있었다.

"그럼 학기 도중에 휴학하고 왔겠네요? 학교는…… 아, 그보다 어디에서 왔어요?"

그러면서 그는 자신이 강남 출신이라고 밝혔다.

적지 않은 사람들이 그의 출신에 호의를 표했겠지.

그는 나에게서도 그런 반응을 즐기고 싶었던 것일지도 모른다.

"전주입니다."

간단하게 대답했다.

"전주? 미안한데 전주가…… 어디에 있죠?"

나는 그의 얼굴에 잠깐 머물렀다 사라진 비웃음을 놓치지 않았다. 역시라는 생각이 들었다.

"내가 지방은 잘 몰라서요. 그런데…… 말 낮춰도 되지? 내가 더 위니까."

그가 아주 당연하다는 듯이 말했다.

구태여, 사실은 말이야 나는 스물여섯쯤 됐어, 라고 말하고 싶지도 않았다.

나이 따위는 아무 상관 없었다.

그냥 이런 종류의 사람과는 엮이지 않는 것이 최선이라는 생각이 들었다.

아무 말 없이 그를 빤히 쳐다봤다. 그러자 그가 문제 있어? 라는 듯 뻔뻔한 표정을 지어 보였다.

그는 대화를 통해 나를 자신의 아래라고 생각한 것이리라. 나도 그에 대한 내 생각을 행동으로 보여주기로 했다.

나는 "그럼."이라고 짧게 말을 남기고 자리에서 일어났다.

가방을 들고 자리를 떠나려는데 뒤에서 따가운 시선이 느껴져 고개를 돌렸다. 내가 자기 마음대로 되지 않아서일까, 그가 나를 좋지 않은 눈으로 쳐다보다 황급히 딴청을 피웠다.

유치한 그의 행동에 한숨이 나왔다. 그냥 갈까 하다가 그를 보고 한마디 했다.

"당신, 마약 같은 것 하지 않는 게 좋겠어."

진심으로 걱정이 돼서 하는 소리였다.

"무, 무슨 말이야! 마약이라니!"

그가 앉은 자리에서 외쳤다.

대화를 나누고 있던 클래스메이트들의 시선이 창민을 향했다. 그는 그런 시선에 아랑곳하지 않고 벌떡 일어나 내 앞에 섰다.

눈이 흐릿하고 혓바닥 색이 누렇다.

긴말 할 것도 없이 중독 증상이다.

그리고 결정적인 증상 하나, 그의 기운은 일반인들에 비교해 무척 탁했다. 하는 마약의 종류가 무엇이든지 간에 그는 이미 심한 마약 중독에 빠져 있다는 말이었다.

'뭐, 그가 굳은 의지를 가진 상태에서 내게 한 달간 치료를 받는다면……' 이라는 생각이 머릿속에 잠시 스쳤지만 눈앞의 이 남자가 그럴 리가 있나.

"소란 피우지 마."

얼굴이 벌게진 그에게 나지막하게 말했다. 하지만 목소리에 힘을 실었기 때문에 가까이서 듣는 그는 가슴이 철렁했을 것이다. 씩씩거리며 뭔가를 외치려던 그가 휘둥그레진 눈으로 황급히 입을 다물었다.

조금 심했나.

강의실 문을 열고 나가면서 그런 생각이 들었다.

여덟 시.

센트럴 동문 입구.

막 약속 시각이 되었을 때, 번쩍번쩍한 검은색 벤츠 한 대가 내 앞에 바로 멈춰 섰다.

뒷좌석 창문이 열리면서, 그 안에서 안녕하며 얼굴 옆에 손을 가볍게 흔들고 있는 시연이 보였다.

나는 짧게 고개를 숙여 보인 다음에 벤츠에 탔다.

시연과 운전기사 외에 조수석에 오십 대의 샐러리맨이 앉아 있었다. 시연이 그를 원화그룹의 영화 제작, 배급사인 마이더스의 조명일 사장이라고 소개했다.

조 사장과 나는 간단하게 인사를 나눴다.

조 사장은 부담이 될 정도로 호감과 반가움이 섞인 진한 눈빛으로 나를 계속 바라보았다.

"정진욱 씨는 나를 모르죠?"

차가 출발했지만 조 사장은 여전히 우리 쪽으로 등을 돌린 채로 말했다.

"예, 하지만 마이더스의 영화를 보고 자랐습니다. 만나 뵙게 돼서 반갑습니다, 선생님."

나는 예의를 차렸다.

"우리는 정진욱 씨를 알아요."

그렇게 그가 빙그레 웃자 눈 꼬리에 긴 주름이 잡혔다.

우리?

"허허. 신 회장님께서 얼마나 얘기를 하시는지 모릅니다. 그 대단한 친구를 여기서 보게 될 줄은 몰랐네요."

대단한 친구?

"신 회장님은 공개 석상에서 정진욱 씨 이야기할 때 '대단한 친구'라고 부르십니다."

조 사장은 나와 만난 것이 진심으로 즐거운 얼굴이었다.

대체 신 회장이 무슨 이야기를 하고 다녔기에…….

"대단한 친구……."

"차세대 인재상을 말씀하실 때 진욱 씨를 꼭 언급하시곤 하셨습니다. 어찌 됐든 뉴욕에 잘 오셨습니다."

"아, 선생님께서도 뉴욕에 계시는군요."

"허허. 그게 아니라……."

조 사장이 시연을 쳐다보면서 대답했다.

"우리 아가씨가 뉴욕에 있으니까요."

조 사장도 "우리 때는 옷깃만 스쳐도 인연이라 하였습니다, 허허."라면서 사람 좋게 웃었고, 시연도 딱히 부정하지 않고 빙그레 웃기만 했다. 나 역시 조 사장을 무안하게 하고 싶지 않아 살짝 미소를 머금었다.

문득 차가 신호를 받아 멈췄다.

시연이 나를 물끄러미 쳐다보며 말했다.

"슈트가 잘 어울려요. 그거 아르마니죠?"

일성에서 받은 단 한 벌뿐인 정장이라고 부연 설명을 해야 할지 잠시 고민이 들었다.

"다행이군요. 그런데 이렇게 격식 차려서 가야 할 자리입니까? 제작 발표회는……."

"말했듯이 사교 파티에 더 가까운 것 같아요. 제작사에선 자유로운 분위기에서 부자들의 투자와 홍보 효과를 이끌어 낼 생각이겠죠? 저도 이런 자리는 처음이에요."

그러면서 시연이 매력적으로 웃었다.

벤츠는 뉴욕 중심가를 지나 한참을 달렸다.

시연과 딱히 할 말이 없었기 때문에 창을 통해 흘러가는 뉴욕의 경치를 무작정 바라보고만 있었다. 때는 맨해튼의 마천루가 불야성을 이루는 어두운 밤이었다.

삼십여 분을 더 달린 끝에 차가 멈춰 섰다.

자동차 앞 유리창으로 저택을 둘러싼 거대한 철문과 보안 요원들이 보였다.

검은색 베스트를 차려입은 그 덩치 좋은 보안 요원들은 보란 듯이 권총집을 가슴 앞으로 드러내고 있었다. 운전석 쪽 창 옆에는 보안 사무실이 있었고, 그 안에서 철문 쪽의 보안 요원과 다를 바 없는 흑인 남성이 무심한 눈으로 차 안을 쳐다보고 있었다.

그때였다.

운전기사가 보안 사무소에 초대권을 보이는 사이, 차 뒤쪽에서 한 무리의 남성들이 거칠게 달려왔다.

갑자기 검은 그림자들이 유리창에 더덕더덕 달라붙었다. 짙게 선팅이 된 차 안을 어떻게든 확인해 보겠다는 그들의 눈빛에는 강한 집념이 서려 있었다. 누구는 주먹만 한 검은 물체를 창문에 가까이 대기도 했다.

뭐야.

갑작스러운 상황에 당황했다. 나는 시연을 보호할 마음에 내 쪽으로 끌어당겼다. 그녀는 몸을 창 쪽으로 돌리고 있었기 때문에 내 무릎 위에 누운 모양이 되었다.

"어?"

시연이 내 무릎 위에 누운 채로 나를 올려다봤다. 그녀도 잔뜩 놀란 상태였다.

"아가씨?"

줄곧 아무 말 없던 조 사장이 우리를 쳐다보았다.

창밖은 여전히 소란스러웠다.

창 하나에 셋 이상의 남자들이 달라붙어 있었다. 하나같이 검은 물체를 창에 들이대고 있었다.

"무슨 일이에요?"

시연이 질색한 얼굴로 그들을 쳐다보다가 몸을 틀며 조 사장에게 따지듯이 물었다.

"놀라셨습니까? 괜찮습니다, 아가씨. 이 사람들은……."
"파파라치들이군요."

상황 파악이 된 내가 말했다. 그들이 들고 있던 검은 정체불명의 물건들은 카메라였다.

그 순간 자동차가 천천히 움직이기 시작했다.

철문이 열리면서 저택 안으로 쭉 뻗은 도로가 보였다. 눈치를 보아하니 시연, 그녀도 이런 경험은 처음인 것 같았다. 저택 안으로 진입했음에도 불구하고 시연은 내 허벅지에 붙어 여전히 놀란 눈만 껌벅거리고 있었다.

"아, 미안해요."

시연이 일어나 드레스를 추슬렀다.

검은색 드레스는 생각대로 그녀에게 무척 잘 어울렸다. 특히 등 뒤의 허리까지 파인 부분이 그녀의 길고 늘씬한 팔다리와 어울려 섹시하다는 인상을 주었다.

한국에서는 레드 카펫 위의 여배우들이나 입을 만한 드레스였고, 입었다 해도 다음날 연예계에 화제가 될 그런 드레스였다.

"이상하지 않죠?"

그녀가 차에 내려서 물었다.

고개를 끄덕였다.

그녀는 시원스럽게 "그럼 됐어요." 하고는 저택 풍경을 둘러보며 말했다.

"어때요, 제 말대로 근사한 곳이죠?"

그녀의 시선 끝에는 세워진 지 오랜 시간이 지난 것 같은 고풍적인 4층 저택이 자리하고 있었다. 그곳은 불 꺼져 있는 방 하나 없이 어둠 속에서 유유히 빛무리를 흘리며 아름다움을 뽐내고 있었다.

잠깐 고개를 돌려 우리가 차를 타고 오면서 지나쳐온 정원 길 쪽을 돌아봤다.

전문적인 정원사의 솜씨가 느껴지는 아름다운 정원이었다.

시선에 닿는 모든 곳에 은은한 조명과 함께 꽃과 넓은 잔디밭, 그리고 거대한 가로수 혹은 석조 예술들이 각각의 자리를 빛내고 있었다. 귀에 수신용 이어폰을 끼고 정장 안에 총을 감춘 채로 배회하는 경비 요원들이 보이지 않았더라면, 영락없이 이곳을 입장료 비싼 유원지로 착각할 지경이었다.

대저택은 현관부터 파티 분위기에 흠뻑 젖어 있었다. 격식을 갖춘 참석자들의 의상과는 달리 힙합 음악이 꽤 큰 소리로 울려 퍼지고 있었다.

현관을 오가는 사람들 중에는 런웨이 위의 모델 같은 미녀와 미남들도 자주 눈에 띄었다. 참석자들의 연령대는 다양했는데, 얼굴에는 한결같이 자신감과 여유가 번져 있었다.

"아가씨, 먼저 들어가시죠."

조 사장이 말했다.

우리보다 늦게 도착한 리무진에서 내린 한 무리의 여성들은 이미 현관으로 들어서고 있었다.

"저는 업무차 온 것이지만 아가씨는 젊은이답게 마음껏 즐기세요. 우리로서도 쉽게 초대받을 수 없는 자리입니다. 진욱 씨도요."

조 사장의 얼굴이 전투를 앞둔 군인의 것으로 바뀌었다.

"예."

"그럼 아저씨, 수고하세요."

시연이 쾌활하게 대답했다. 조 사장은 시연에게 비장한 미소를 지어 보인 다음 우리에게 다가온 안내인에게 말을 건네기 시작했다.

우리는 그를 뒤로하고 현관으로 들어갔다.

* * *

벤치에 누워 와인을 음미하는 노년의 신사, 비키니 차림의 여자들에게 둘러싸인 미남 배우, 줄곧 같은 자리에서 심각한 얼굴로 대화만 나누고 있는 업계의 사람들. 그렇게 사람들은 각자의 용무와 방식으로 파티를 즐기고 있었다.

로비에는 낯익은 얼굴들이 심심치 않게 보였다.

지금도 로맨스 코미디 영화에 주인공으로 자주 얼굴을 비추는 여배우가 내 앞을 지나쳐 간다.

이름이 썩 잘 기억은 나지 않지만 그녀는 바다와 처음 보러 간 영화의 주인공이었다.

그네들이 시선에 들어올 때마다 시연이 내 귀에 그들의 이름을 속삭이곤 했다.

시연은 어린아이처럼 좋아했다.

그런 그녀의 모습을 보며 바다와 영아도 함께 왔으면 좋았을 텐데, 하고 생각했다.

"제임슨 감독이잖아요! 이번 영화를 그가 맡았나 봐요."

그는 이벤트처럼 벌어지고 있는 작은 경매 현장에서 사람들과 이야기를 나누고 있었다.

"가까이 가 봐요."

시연이 속삭이며 내 손을 잡아끌었다.

자유로운 분위기 속에서 경매가 진행되고 있었다. 사람들이 파트너와 대화를 나누다가 관심 없는 척 한 번씩 손을 들면, 웨이터가 멀리서 알아보고 진행자에게 알림으로써 낙찰가를 높여나갔다.

진행자는 눈에 띄는 미인에, 가슴이 훤히 드러나는 파격적인 빨간색 원피스를 입고 있었다. 하지만 그녀와 같은 미인도 지금 이곳에서만큼은 넘쳐나고 있었다.

우리가 막 자리를 옮겼을 때, 새로운 작품이 경매로 올라왔다. 가로세로 1미터가 약간 넘는 미술 작품으로 색색의 작은 정사각형을 활용한 추상화였다. 진행 요원이 작품을 거치대와 함께 조심스럽게 내려놓았다.

"몬드리안이에요."

시연이 말했다.

그녀의 말대로 진행자가 "몬드리안의 빅토리 부기우기입니다."라고 말했다.

"소유주는 빈스 카터!"

진행자가 쇼 프로그램의 게스트를 소개하는 듯한 억양으로 말하며 시선을 옮겼다.

계단 벽에 기대 미녀들과 대화를 나누고 있던 흑인 남성이 손을 들어 보였다. 눈에 띄는 거대한 키와 몸에서 넘치는 자신감이 유명한 농구 선수임을 증명하고 있었다.

백만 달러부터 시작한 경매치고는 매우 조용히 경매가 이루어졌다.

사람들이 아웃렛에서 덤핑 티셔츠를 집어들 듯이 너무도 쉽게 손을 들었다. 순식간에 호가가 삼백만 달러를 넘어섰다. 가격이 천만 달러를 넘어서고 나서야 사람들의 표정이 점점 변하기 시작했다. 손을 드는 수가 적어지자, 진행자는 꽤 흥미진진해진 표정과 함께 입찰을 종용했다.

하지만 정작 나는 지겹고 불편했다. 어디에서 즐거움을 느껴야 할지 알 수 없었다.

"살겠군."

밖 바람이 선선했다.

자동차를 타고 바로 들어오느라 돌아보지 못했던 정원을 천천히 거닐었다. 시연은 유명 인사들과 그들의 돈 잔치를 구경하느라 내가 무리에서 빠져나오는 것을 알아차리지 못한 모양이지만, 그는 아니었다.

제 4장

나쁘지 않은 제안

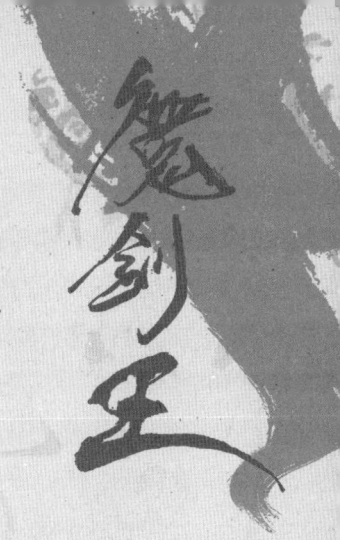

신국일.

일성전자 사장이 현관에서부터 나를 따라나왔다. 나는 인적이 드문 곳에서 멈춰 섰다. 아기 천사가 오줌을 싸는 조각상이 있는 작은 분수대 앞이었다.

"안녕하십니까, 사장님."

내가 먼저 말했다.

"이야, 이게 누구야. 진욱 학생 아니야?"

신국일 사장은 몰랐다는 듯 놀라는 척하며 말했다.

위로 네 명의 형들을 물리치고 일성그룹의 핵심이라고 일컬어지는 일성전자 사장 자리에 오른 신국일 사장은 아직 삼십 대 중반에 불과했다.

그래서 작년 말쯤에 이사회에서 그가 일성전자 사장에 선임되었을 때, 젊은 경영에 대한 기대심으로 시가총액 100조가 넘는 공룡 회사의 주가가 이틀 동안 상한가를 기록한 바 있었다.

그와 내가 처음 만난 때는 장장 수년 전으로 거슬러 올라간다.

그때는 몰랐지만, 신용운 회장을 구한 뒤에 전주 집으로 나를 찾으러 온 일성조선 사장인 신한일 사장의 일행에 그가 끼어 있었다.

그 뒤로 수년 동안 신용운 회장은 잊을 만하면 한 번씩 그를 우리의 미팅에 데리고 왔다.

신국일 사장 얼굴은 여전했다.

매끄럽게 빠진 얼굴 위로 선량한 양의 가면을 쓴다. 그것이 나를 향한 적개심을 감추기 위함이라는 것을, 신용운 회장으로부터 그가 당신의 다섯 번째 아들이라고 소개받은 순간 깨달았다.

지난 수년간 그의 형들이 나와 신용운 회장 사이를 틀어놓기 위해 이간질을 할 때, 그는 회장에게 내 칭찬만 했다. 김 비서는 그것을, 신국일 사장이 나를 자신의 측근으로 만들기 위함이라고 짐작했지만 내 생각은 달랐다.

그는 단지 회장이 듣고 싶어 하는 말을 한 것에 불과했다.

그러지 않고서야 그 형제들의 모임에서 나를 경계해야 한다고 가장 크게 주장했다는 이야기가 내 귀에 들어올 리가 없다.

김 비서는 그러한 일화를 내게 전하며 신국일 사장이 풍모와는 달리 '박쥐' 기질이 대단하다고 열을 냈지만, 정작 나는 아무런 감흥이 없었다.

일성가의 계보에 내 이름을 넣고 싶은 마음이 추호만큼도 없었기 때문이다. 거기에는 일성이 제아무리 대단하다고 해도 대국(大國)이 된 혈마교에 비할까, 그런 마음이 없는 것도 아니었다.

"여기에서 뵙게 될 줄은 몰랐습니다."

내가 말했다.

"나야, 일 때문이지."

신국일 사장은 그러는 너는? 하는 얼굴로 내게 턱짓했다.

"저는 친구를 따라왔습니다."

"하! 학생에게 친구가 있었어?"

그가 매우 의외라는 듯 놀라며 물었다.

나는 고개를 한번 끄덕인 뒤 "그럼 다음에 뵙겠습니다." 하고 돌아섰다.

더는 따라오지 말라는 의사 표시였다.

하지만 일부러 그러는 것인지, 눈치가 없는 것인지 빠른 걸음으로 내 옆에 붙었다. 가끔 그가 신용운 회장과의 미팅에서 툭 하고 대화를 가로챘던 것이 생각났다.

"반대편으로."

"예?"

"그쪽에는 화장실 없어."

그가 능글맞은 표정과 함께 뒤쪽을 가리켰다. 그러더니 빠르게 말을 이었다.

"그건 그렇고…… 그 친구가 누구지? 나도 학생 친구라면 소개를 받고 싶은데."

"바쁘시지 않습니까?"

"아니야. 나야 계약이 성사됐을 때 잠깐 얼굴만 비추면 되니까. 그게 미팅 조건이거든. 마침 출장 올 일도 있고, 이래저래 여유가 있어서 온 거지. 나 그렇게 바쁜 사람 아니야. 학생도 잘 알고 있잖아? 후훗."

그가 값비싸 보이는 손목시계를 흘깃 쳐다본 뒤에 계속 말했다.

"마침 잘됐네. 학생에게 전할 말도 있었는데. 서로 번거로운 일은 피하게 됐어. 잠깐 시간 괜찮지?"

그는 내 대답도 듣지 않고 오른편에 위치한 벤치에 앉아, 내게 손짓했다.

할 수 없이 그 옆에 앉았다.

담배를 다시 피우기 시작했는지 그에게서 썩 좋지 않은 냄새가 풍겼다.

"미국 생활은 어때?"

"괜찮습니다."

"말 안 해도 알겠다. 그래도 이렇게 빨리 이런 곳에서 보게 될 줄은 몰랐어."

그가 나를 위아래로 훑어보며 말했다.

"하실 말씀이?"

"원 사람하고는. 조만간 회장님께서 호출하면, 음…… 내가 무슨 말을 하려는지 알겠어?"

나는 거짓으로 고개를 저었다. 신국일 사장이 하는 수 없다는 표정으로 계속 말했다.

"이번에 그룹 차원에서 크게 출자한 거, 알고 있던가?"

한국 소식은 그날 저녁마다 포털 사이트를 통해 유심히 봐 오고 있었다.

이틀 전, 일성제약이 업계 1위의 유성 바이오를 적대적 M&A를 통해 합병했다는 기사가 웹에 올라왔다.

"그 일로 회장님과 미국담배판매협회(TMA)와의 미팅이 다음 달에 있는데."

제약 회사와 담배 회사의 공통분모가 뭐지? 하고 생각하고 있을 때 신국일 사장의 변하는 눈빛이 시선에 들어왔다. 그가 한국에서는 내게 한 번도 보였던 적이 없던 눈, 그러니까 부하들을 상대할 때 하던 눈을 하고는 나를 빤히 쳐다보고 있었다.

나와 눈이 마주치자 그는 약간 무안한 기색을 비치며 정면으로 시선을 돌렸다.

그의 가느다란 입술이 움직였다.

"다음 달에 회장님께서 이곳으로 출장을 오시면 학생부터 찾을 거야. 그런데 학생은 학업에 전념하기만도 벅찰 거란 말이지. 안 그래? 회장님께는 내가 잘 말씀 드려놓겠다는 말이야. 학생은 그렇게 알고 있으면 돼. 다른 생각할 필요 없이 학업에만 매진하라고. 회장님의 기대에 부응해야지. 우리도 기대하는 바가 크고."

신국일 사장의 이중적인 면모야 예전부터 잘 알고 있어서 새삼스러울 것도 없었다.

다만 내가 한국을 떠나오자마자 본색을 밝힌 것은 의외라면 의외였다.

내가 담담한 자세를 유지하자 오히려 놀란 것은 그였다.

"왜?"

"잘 말씀하셨습니다. 이번 기회에 저도 드릴 말씀이 있습니다."

"어?"

"사장님들께서 저를 어떻게 생각하시는지 알고 있습니다. 그 점 염려 놓으셔도 됩니다. 저를 신경 쓰지 않으셔도 됩니다. 저는 사장님들께서 생각하는 그런 욕심이 단 한 점도 없으니까요. 구차하게 이런 변론을 해야 한다는 게 우습지만,

다시는 이와 비슷한 상황이 생기지 않았으면 해서 드리는 말씀입니다. 제가 먼 이국땅까지 와서 사장님에게 이런 대접을 받을 이유는 없지 않습니까."

오래전부터 일성가 사람들에게 해주고 싶었던 말이었다. 평소 같으면 그저 속으로 삭이고 말았을 말이었다.

그런데도 말을 꺼냈다는 것은…… 오늘 내 마음이 상당히 편치 않아서인 것 같다.

무엇이 나를 불편하게 만들고 있을까?

그들만의 호화 파티가?

아니면 바다에 대한 미안함?

무엇인지 꼭 집어 말할 수는 없지만 기분이 좋지 않았다. 구태여 하나를 꼭 집으라면 이 파티가 현대 사회의 부조리를 단적으로 보여주는 표본처럼 느껴진 점을 들 수도 있겠다.

"오해가 있는 모양인데."

"아니요. 제가 제대로 이해하고 있는 것 같은데요."

중간에 그의 말을 가로챘다.

계속 말했다.

"회장님께는 사장님께서 잘 말씀 드리겠다고 하니 그렇게 알고 있겠습니다. 그만 돌아가시죠. 바쁘시지 않습니까."

목소리에 무게를 담으며 신 사장을 똑바로 쳐다봤다. 신 사장은 나와 눈이 정면으로 부딪치자 시선을 피했다. 그리고는 자신이 무슨 행동을 했는지 알아차리고는 얼굴을 붉힌 다음, 큰 손으로 자신의 얼굴을 쓸어내렸다.

그가 부쩍 죽어 버린 눈빛으로 일어선 나를 올려다봤다.

"바로 그 눈이야. 그런 눈을 하고선 우리에게 네 말을 그대로 믿으라고? 지나쳐……. 하지만 믿지. 언젠가 한 번 허심탄회하게 이런 대화를 해야 했었고 서로 입장을 알았으니 됐어. 여기서 만난 게 서로 득이 되었으면 좋겠네. 이제 나머지는 두고 보면 알겠지. 혹시 필요한 게 있으면 언제든 내게 말하고."

그도 자리에서 일어났다.

"마지막으로, 그동안 이 말을 못했군. 우리 회장님을 구해 줘서 진심으로 고마웠네. 하지만 딱 여기까지야……. 더는 피차 힘들어질 테니까."

그는 짧은 너털웃음을 지었다.

"와인을 너무 많이 마셨어. 오늘 어린 동생을 두고 별말을 다 하는군."

정말 제멋대로다.

"그걸 아신다니 다행입니다."

그는 일성의 자제로, 태어났을 때부터 현대 사회의 권력이라고 일컬어지는 거대한 부를 승계받기로 되어 있었다.

그 자체만으로 사회 각층의 경외를 받으며 살아왔을 것이다. 그런 그가 내 마지막, "그걸 아신다니 다행입니다."라는 말에 크게 반응하지 않을 수 없었다.

때때로 인간의 자존심은 몇 갑자의 내력 정도는 우습게 이겨내는 법이다.

그의 얼굴이 잔뜩 일그러졌다.

그에게서 이 표정이 보고 싶었던 것은 아닐까 싶을 정도로 모욕감이 깃든 그의 표정을 보자마자 가슴속에 응어리져 있던 것이 풀리는 기분이 들었다.

"……꼭 회초리를 맞아 봐야 정신을 차리는, 그런 멍청한 학생이었어?"

부쩍 흔들리는 목소리.

신 사장은 평정심을 잃느냐, 유지하느냐의 기로에 서 있는 것 같았다.

하지만 나는 입꼬리가 올라가는 게 느껴졌다.

"웃어?"

그가 눈을 부릅떴다.

"구태여 이 자리에서 사장님과 말씨름을 해야 할 이유를 모르겠습니다. 사장님도 그렇지 않습니까."

신 사장은 어처구니없다는 억지 미소를 짓는 것으로 자신의 분노를 겨우 억누르고 있는 것 같았다.

"이봐, 학생. 아직 배워야 할 게 많아 보이네. 큰일 나기 전에 그 무례함부터 어떻게 해야겠는데? 시쳇말로 내가 학생에게 교훈을 주기 위해 회초리라도 휘두른다면 어떡하려고 그러지?"

"회초리 말입니까?"

"그래, 회초리. 학생에게 쓸 회초리는 많아. 내가 뭘 할 수 있는지 누구보다 학생이 잘 알잖아, 안 그래?"

"사회적으로 절 매장시키겠다는 말씀이십니까? 그렇다면 상당히 위험한 발언을 하시는 겁니다, 사장님."

"여기에는 학생과 나 둘뿐이잖아. 누가 본다고. 서로 못할 말도 없지. 학생도 그걸 알아서 내게 이러는 거겠고. 사실 학생하고 이러고 있는 것도 쪽팔린 상황이긴 한데, 학생이 문제를 크게 만들고 있잖아."

"웬만하면 사장님께 져주고 싶기는 합니다."

"……?"

"그런데 오늘은 제가 기분이 별로입니다. 제가 묻죠. 이번 일로, 제가 진심으로 일성의 경영권에 관심을 가지고 회장님에게 접근을 한다면 사장님께선 어떻게 하시려고 이러는 것인지 모르겠군요."

"그거? 힘들어지지. 학생도 나도. 하지만 특히 학생이 훨씬 힘들어질 거야. 생각보다 학생이 감당해야 할 것들이 너무 많거든."

그는 어느새 평정심을 되찾은 상태였다. 그리고 지금의 말싸움을 하나의 게임인 것처럼 여유롭고 은근하게 즐기고 있는 것처럼도 느껴졌다.

공력을 흘려 그의 표정을 다시 짓뭉개주고 싶다는 생각이 들었다.

나로서는 아주 미약한 공력을 흘린 것에 불과해도, 그에게는 죽음의 공포로 다가와 사지가 옥죄어질 것이다. 하지만 그와 나의 육체적인 격돌은 거인과 개미의 싸움에 불과할 뿐, 어떠한 의미도 찾을 수 없을 것이다.

"쩝."

그런 생각이 들자 그와의 말싸움이 부질없게 느껴졌다. 그렇다고 져주기도 싫은 것이 참으로 애매한 순간이었다.

그때였다.

아주 작은 목소리가 들렸다.

주변의 기운 속에서 흘러나온, 그냥 지나쳤을 목소리에 불과했는데 그것은 다름 아닌 시연의 목소리였다. 그 사실을 깨닫자마자 나는 반사적으로 청각을 끌어 올렸다. 잔뜩 겁을 먹은 가냘픈 목소리가 고막을 울렸다.

"도와주세요!"

*   *   *

어딜 가냐고 외치는 신 사장을 무시하고 곧장 달렸다.

그곳에선 건장한 체격의 남성이 시연의 손목을 붙잡고 있었다.

시연은 덫에 걸린 사슴처럼 남자에게서 벗어나려 하고 있었다.

 시연이 겁을 먹고, 영어가 아니라 한국어로 소리를 지르고 있는 것도 당연한 일이었다.

 "놔! 놓아! 이 자식아!"

 시연이 빼악 소리를 질렀지만 남자는 멀리 보이는 저택의 불빛만 신경 쓰면서 시연의 손목을 잡고 놓아주지 않고 있었다. 어째서 시연이 인적 드문 정원까지 나왔는지는 모르겠지만 상황이 위태로워 보였다.

 시연이 남자의 어깨너머로 나를 알아보고는 눈을 동그랗게 떴다.

 그 눈에 반쯤 맺힌 눈물을 보는 순간 이가 악물어졌다. 후 하고 거친 뜨거운 숨을 콧구멍 밖으로 뿜어내자, 남자가 기척을 느끼고 내 쪽으로 고개를 돌렸다.

 넌 뭐야? 저리 안 꺼져? 그의 푸른 눈이 먼저 그렇게 말했다. 덩달아 그의 두꺼운 입술도 열리려 하고 있었다.

 그는 오른손으로 시연을 붙잡고 있었다. 그래서 나는 그의 오른 어깨를 움켜잡았다.

 손아귀로 그의 견갑골이 잔뜩 들어왔다.

 그는 이 사실이 무엇을 뜻하는지 모를 것이다.

 어깨를 부숴서 평생을 중증 장애를 안고 살아가게 만들 수도 있고, 내력을 밀어 넣어 그의 오장육부에 치명상을 가할 수도 있다.

120

사천에서처럼 지금이 만일 전시(戰時)라면, 그의 어깨를 뽑아 쇼크사시킬 수도 있다.

하지만 무지한 남자는 푸른 눈을 부릅뜨고 나를 노려보는 것이었다.

그것도 잠시, 내가 손에 약간의 힘을 가하자 그는 비명을 지르며 제자리에서 자지러졌다.

"진욱 씨?"

시연이 놀라며 물었다.

"이게 무슨 일이죠?"

그렇게 물은 뒤, 쓰러진 남자를 내려다봤다.

남자는 고통스러운지 어깨를 부여잡은 채 적의에 가득 찬 눈으로 나를 쳐다보고 있었다.

하지만 일어날 수는 없는지 신음만 흘릴 뿐, 어떠한 말도 하지 못했다.

"진욱 씨를 찾으러 나왔는데 갑자기 저 사람이……."

시연이 말했다. 상황은 그렇게 상식선에서 벗어나지는 않은 것 같았다.

"당신, 여기서 더 문제 일으키지 마."

남자에게 말했다.

그리고는 잔뜩 긴장한 시연을 데리고 자리에서 벗어나려는데 몇몇 사람들이 이곳으로 오는 게 느껴졌다.

이윽고 그들은 전등을 비추며 좌우에서 모습을 드러냈다.

그들은 저택에서 고용한 경비 요원들로, 두 명씩 짝을 지어 총 네 명이 우리 곁으로 다가왔다. 그들 중 한 명이 "무슨 일입니까?"하고 물었고 다른 세 명이 우리를 밀치고 쓰러진 남자의 상태를 살피기 시작했다.

"미스터 제픽, 괜찮습니까? 이게 무슨 일인지 우리에게 설명해줄 수 있겠어요?"

경비 요원이 남자에게 물었다. 눈치로 보건대 경비 요원은 남자를 잘 아는 모양이었다.

"저, 저……것들 어디 못 가게 붙잡아두세요."

경비 요원 둘의 부축을 받으며 자리에서 일어난 남자는 안간힘을 짜내며 말했다.

"이보세요, 제픽. 유명 스타면 스타답게 행동을 하셔야지 이게 뭐하는 짓이죠? 지금 있었던 일, 책임을 묻겠어요."

시연도 그를 알고 있는 듯했다. 그러고 보니 남자의 얼굴을 영화 스크린 속에서 본 것 같기도 했다.

그런데 우리를 바라보는 경호원들의 표정이 심상치 않았다. 경호원 넷은 용의자를 취조하는 눈을 하고는 우리를 주시하고 있었다.

남자는 경비 요원 중 한 명의 전등을 건네받아 자신의 어깨를 젖히고 그쪽에 불을 비췄다.

그곳에는 손바닥 자국이 선명했고, 벌써부터 자국의 외곽에서부터 멍이 심하게 지기 시작하고 있었다. 어깨를 움직여

122

본 그는 크윽 하고 외마디 신음을 토하더니, "이래서야 촬영이 불가능하잖아……"라고 중얼거렸다.

남자가 내 얼굴 정면에 대고 손가락질했다.

"나야말로 책임을 묻겠어. 변호사를 준비하는 게 좋을 거야."

그가 말했다.

"그리고 이것들 신상 명세를 파악해놓으세요. 내 대리인이 이것들에게 배상 청구를 할 수 있게끔 말입니다. 나는 지금 병원으로 갈 테니, 팀에게는 그렇게 말해주겠습니까?"

"그렇게 하죠, 제픽."

경비 요원이 대답했다.

"소송이 그렇게 좋으시다면 나 역시, 당신을 성폭행 및 강간 미수로 경찰에 고소할 겁니다."

그렇게 말하는 내 마음은 몹시 불편했다.

영아의 일이 있은 뒤로 '성폭행'이라는 단어를 입에 담을 일이 없길 바랐다. Rape. 아무리 영어로 말한다고 할지라도 말이다.

남자는 어깨의 고통 때문에 얼굴을 일그러트리고 있는 것 외에는 매우 태연했다.

"성폭행이라고요?"

경비 요원이 확 달라진 얼굴로 반문했다.

"그렇습니다. 저자가 제 친구를 성폭행하려 했고, 저는 그것을 저지했습니다."

"그런 겁니까?"

경비 요원들의 시선에 남자에게로 쏠렸다.

"여러분들이 보는 그대로입니다. 보다시피 피해를 본 건 나고, 나는 이 일로 앞으로 몇 개월간 촬영을 못하게 됐단 말입니다. 내가 이런 설명을 왜 해야 하는지 모르겠지만 혹시나 해서 말씀드립니다만, 저 여자애가 내게 접근했고, 격분한 저 여자애의 남자 친구가 내게 달려든 겁니다."

"그럼 이건 뭐죠?"

시연이 팔을 걷어붙여 남자에게 붙잡혔던 자신의 손목을 모두에게 드러냈다.

새빨갛게 부어오른 시연의 손목 위로 그때 영아의 손목이 오버랩되었다. 입맛이 쓰다.

"지금 CSI라도 불러야 하는 건가요? 좋아요, 지금 경찰을 부르겠어요. 그쪽 분께선 경찰을 불러주시겠어요?"

시연이 경비 요원에게 말했다. 그리고는 고개를 돌려 내게 말했다.

"미안해요, 진욱 씨. 괜히 저 때문에……."

시연의 말에 나는 고개를 저어 보였다.

부탁받은 경비 요원은 꽤나 난처한 얼굴로 나와 시연, 그리고 남자를 번갈아 쳐다봤다.

경비 요원이 핸즈프리 마이크를 윗옷 주머니에서 꺼내자

남자가 "잠깐."하고 경비 요원의 행동을 가로막았다.
 하지만 경비 요원은 남자의 말을 무시하고 마이크에 대고 말했다.
 "손님과 손님 간에 사고가 발생했습니다. 한 분은 미스터 제픽이고……."

 그리 오래 기다리지 않았다.
 오 분 정도 지났을 때 네 명으로 이루어진 그룹이 도착했다.
 우리가 기다렸던 경찰은 아니었다.
 모두다 파티 차림 그대로 달려온 모습이었고, 그중에는 저택의 주인이자 유명 스타인 팀 모리슨도 끼어 있었다. 줄곧 조용히 쭈그리고 앉아서 어깨만 매만지고 있던 남자는 경찰이 아닌 그들의 모습에 화색을 띠며 자리에서 일어났다.
 팀 모리슨이 고갯짓을 했다. 그러자 경비 요원들은 아무 일도 없었다는 듯 자리에서 떠나기 시작했다. 시연이 불안한 기색을 비치며 나를 올려다봤다. 나는 시연이 안정할 수 있도록 그녀의 어깨에 손을 올렸다.
 "경찰을 불러주십시오. 그러지 않는다면 우리가 직접 부르겠습니다."
 팀 모리슨을 향해 말했다.

하지만 도착하기 전부터 전화를 하고 있었던 팀 모리슨은 핸드폰 너머의 손님을 상대하는 것만으로도 벅차 보였다. 대신 흑인 남성이 앞장서서 나와 제픽에게 말했다.

"제픽, 동양 여자애라면 왜 그렇게 사족을 못 써? 꼭 오늘 같은 날에 이렇게 일을 벌여야겠어? 이러면 팀이 불편해지는 거 몰라?"

그렇게 말한 흑인 남성은 체격이 매우 좋았다. 셔츠 밖으로도 단단한 근육이 드러나 있었다. 그는 오랫동안 운동을 한 사람들만 가질 수 있는 힘 있는 목소리의 소유자였다. 그러나 그 역시 우리는 안중에도 없었다.

무시 받는다는 생각에 기분이 좋을 리가 없었다. 그건 시연도 마찬가지인 모양이다.

"그냥 아저씨에게 전화를 할게요."

"아저씨요?"

"우리와 같이 오신 사장님이요. 마침 회사 변호사와도 동행 중이시니까 우리는 그만 이 일에서 빠지기로 해요. 정말로 미안해요, 진욱 씨."

그러면서 시연은 핸드백에서 핸드폰을 꺼냈다.

"잠깐만!"

흑인 남성이 남자를 버려두고 우리에게 빠른 속도로 다가왔다. 그가 갑자기 팔을 뻗어 시연의 핸드폰을 가로채려고 해서, 나는 중간에서 그의 팔을 낚아챘다. 흑인 남성이 눈을

126

동그랗게 뜨며 나를 빤히 쳐다봤다.

"뭐하는 겁니까."

"너희가 누구인지는 모르겠는데, 911은 곤란해."

동시에 흑인 남성이 팔에 힘을 줘서 내 손을 떼어놓으려고 시도했다. 그는 보이는 그대로 일반인보다 꽤 강한 근력을 소유하고 있었지만 내게는 소용없었다. 힘으로 내게 안 된다는 것을 깨달은 그는 몹시 황당한 표정을 지었다.

나는 털이 숭숭 난 그의 팔을 놓았다. 그리고는 태연스럽게 말했다.

"당신들이 일을 크게 만들고 있는 겁니다."

그때 몸을 수습한 제픽이 팀 모리슨을 제외한 다른 두 남성과 함께 다가왔다.

"발콤, 비켜 봐. 보는 사람도 없겠다, 그놈에게 한 방 먹여야겠어. 아— 쪽팔려 죽겠네. 주변에 아무도 못 오게나 막아줘."

"이봐, 꼭 그래야겠어?"

"딱! 한 방만 먹일 테니까, 너희는 빠져."

"엔터테인먼트 위클리(Entertainment Weekly) 편집진들이 아주 좋아하겠다. 이번에도 실릴 거야, 분명히."

"그렇지 않아도 그것 때문에 자제하려고 했는데…… 열 받잖아. 기사로 내든 말든, 나머지 문제는 저번처럼 에이전트하고 법무팀에서 알아서 해줄 테지."

"팀! 들었어? 딱 한 방만 먹이겠다는데 어떡할까? 전화 좀 끊으라니까……. 난 모르겠다. 알아서들 해라."

흑인 남성은 어깨를 으쓱이면서 그렇게 뒤로 빠졌다.

시연을 추행하려 했던 남자가 내 앞에 서서 파이트 자세를 취했다.

팀 모리슨과 함께 왔던 나머지 셋은 뒤로 적당히 거리를 벌리고 작금의 사태를 흥미롭게 지켜보기 시작했다.

결국 나는 짜증이 솟구쳤다. 얼굴에 열이 오르는 게 느껴졌고 주먹에 힘이 들어갔다.

"일대일 알지? 룰은 없어. 그리고 운 좋으면 네 이름도 E.W(Entertainment Weekly)에 실릴 거야. 나처럼 유명해지고 싶지 않아? 물론 네가 이 일로 나를 고소할 경우에 한해서지만."

조금 전에 신음을 흘리던 그 사람은 온데간데없고, 내 앞의 남자는 자신감에 잔뜩 차 있었다.

"하지 마요, 진욱 씨."

시연이 말했다.

"컴 온! 가라테 맨."

남자는 노골적으로 나를 약 올리며 손가락을 까닥였다. 하지만 누구 하나 그를 말리는 이가 없었다.

오로지 시연만이 안절부절못하고 있었다. 그녀에게 안정을 주기 위해 왼손으로 그녀의 손을 꼭 잡았다. 책임을 묻겠다고 당당하게 외치던 그녀의 손이 파르르 떨리고 있었다.

"여자는 비켜. 그리고 그쪽은 남자답게 할 생각이 있는 거야, 없는 거야?"

남자가 계속 말했다.

"소송은 지겹고 힘들지. 아무리 변호사에게 맡긴다 해도 그 과정은 이루 말할 수 없어. 내 어깨의 이 부상 보이지? 못해도 최소 한 달이야. 내가 한 달에 얼마를 버는지 알아? 그쪽이 지금 제대로 할 마음만 가진다면 소송은 걸지 않겠어. 나는 그냥 한 달 노는 거고, 약속해."

우습게도 그는 파이팅 자세를 유지한 채 나를 설득하려 했다.

"이미 당신이 혼자서 결정을 내린 모양인데, 내가 피한다고 해서 피할 수 있는 문제가 아닌 것 같군요."

"정답이야."

"마침 주변에 보는 눈도 없고."

"이제야 말이 통하는군."

"그럼 나도 조건을 걸죠. 당신이 지면 내 친구가 원하는 대로 사과를 하십시오. 무릎을 꿇으라면 꿇고, 법적 대응을 하겠다면 순순히 감수하고 말입니다."

"진욱 씨, 하지 마요."

시연이 불안해하며 말했다.

"좋아, 나 역시 이 일로 기자들과 파파라치들을 끌고 다니기는 싫거든. 하지만 그쪽도 내게 지면 내가 원하는 대로 해야 할 거야. 그게 무엇이든지 간에, 돈이든 팀의 파티를 위한 스트립쇼든. 거래 성사?"

"그렇습니다."

나는 시연을 간신히 떼어놓았다.

"친구, 스트립쇼를 할 마음의 준비는 되었어? 너 같은 동양계 남자를 좋아하는 사람들이 제법 있거든. 내가 그들을 소개해주지, 하핫. 마침 스트립쇼를 하기에 적절한 곳이 있어."

"질 낮은 말은 술집에서나 하시고, 그렇게 자신이 있다면 언제든 오십시오. 나는 이 자리에서 움직이지 않겠습니다."

오!

남자의 무리에서 감탄사가 뿜어져 나왔다. 누군가는 휘파람까지 불었다.

"현실은 영화 같지 않아, 가라테 맨."

남자는 권투를 배웠다.

운동을 배운 사람과 배우지 않은 사람은 싸움에 앞서서 티가 나는 법이다.

실전에 강하고 약하고를 떠나서, 운동을 배운 사람들은 선수(先手)를 내지를 준비가 되어 있다. 턱 가까이에 붙인 남자의 주먹이 바로 그것이다.

그리고 다음으로 넘어가 운동을 배웠으되 싸움을 많이 해 본 이는 눈빛이 다르다. 뒷일은 생각지 않는 무모한 눈빛. 남자는 그런 눈빛을 하고 있었다. 한두 번 해 본 솜씨가 아닌 듯했다. 하지만 어디까지나 술집에서 난동을 부릴 수 있는 수준에 불과했다.

진한 회의감이 밀물처럼 몰려왔다.

저쪽 세상과의 연(緣)을 미뤄두고 와서 한다는 일이 주먹다짐이라니.

"후, 빨리 끝냅시다."

나는 한숨과 동시에 말했다.

"오케이."

남자는 그 말과 함께 내게 다가왔다.

뒤에서 시연이 어어 하고 당황하는 사이에 그는 이미 내 앞에서 주먹을 내뻗고 있었다.

턱에 붙이고 있던 남자의 주먹이 곧장 내 얼굴로 향했다. 그것은 내 기준에서 한없이 느리고 형편없는 공격이었다. 더욱이 이를 악문 남자의 험상궂은 얼굴이 그의 주먹과 함께 시선에 들어왔는데, 그 진지한 표정이 너무도 우스꽝스럽게 보였다.

나는 손 부채질을 하듯, 왼 손바닥으로 그의 주먹을 쳐냈다.

철퍽!

그는 균형을 잃고 내 발 옆으로 넘어졌다. 허리에 있는 명문혈(命門穴)를 살짝만 자극해도 그는 혼절하게 될 것이고, 이 상황은 끝이 날 것이다.

그러나 문제는 그다음이다.

법적 대응을 하지 않겠다는 그의 약속이 지켜질까 하는 게 의문이다. 그때가 되면 그의 친구들이 원고 측 증인 진술서를 작성해 판사에게 보낼 것이 분명했다.

소송의 나라 미국에서 귀찮은 일에 휘말리기엔, 나는 아직 해야 할 일이 많다.

남자는 아무 말 없이 자리에서 일어났다.

그리고는 두 번째 주먹을 휘둘렀다.

이번에는 내 왼뺨을 노리고 오는 큼지막한 라이트 훅이었다. 느린 그 공격을 무릎을 굽혀 피한 다음, 구두 오른쪽 밑창으로 그의 무릎을 지그시 눌렀다.

"악!"

남자는 내가 비킨 자리에 고꾸라졌다. 땅에 얼굴을 심하게 찧은 그는 코피를 흘리며 나를 올려다봤다.

그는 포기하지 않고 내 다리를 껴안았다. 그대로 나를 넘어트릴 속셈이었지만 나는 조금도 흔들리지 않았고, 오히려 내 다리에 매달리게 된 그의 모습이 볼썽사납게 되었을 뿐이다.

"끝났습니다, 미스터 제픽."

내가 말했다.

"남자 대 남자의 대결이었던 만큼 약속을 지켜주시기 바랍니다. 그쪽이 할 사과 방법에 대해선 제 친구가 통보할 것인데, 어느 편으로 연락하면 되겠습니까."

"장난하는 거지?"

남자가 그렇게 말하며 엉거주춤하게 일어났다.

"대결이란 말이야. 미국에선 어느 한 쪽이 졌다고 인정할 때 끝나는 거야. 너희 나라 일본에서는 아닌가 보지? 사무라이 정신은 다 농담이었어? 제대로 해. 날 더 이상 화나게 하지 말고. 너도 진심으로 하란 말이야!"

쉬익.

그가 굽힌 무릎을 피면서 주먹을 수직으로 쳐올렸다. 몸을 약간 뒤로 젖히자 수웅 하고 그의 주먹이 내 코앞을 스치며 올라갔다. 그의 말에도 옳은 말이 있었다.

폭력은 폭력이다.

싸움에 폭력이 끼어들었을 땐 이미 그 싸움의 끝은 한 사람만의 의지와는 상관없게 된다. 주먹을 쓰길 주저했다면 이 우습지도 않은 대결을 받아들여서는 안 됐다.

또 다른 법정 싸움을 야기할지언정, 주먹다짐은 여기서 끝내는 게 옳다는 생각이 들었다.

느리다.

세상은 16배 슬로우 모션을 기능을 작동시킨 것처럼 느렸다. 남자의 콧잔등에 맺힌 땀방울은 물론이고, 그의 얼굴에 난 솜털 한 가닥 한 가닥 모두 셀 수 있을 정도였다. 그러한 세상에서 내가 한 것이라곤 그저 손바닥을 펼쳐서 그의 가슴을 밀어낸 것뿐이었다.

"커헉!"

남자는 허공에서 크게 붕 떠올랐다가 지면에 처박혔다.

"제픽!"

남자의 친구들이 달려왔다.

나는 뒤로 물러나 친구들에 둘러싸인 그의 상태를 살펴보았다. 기운이나 외관의 상태로 볼 때 별다른 부상이 있는 것 같진 않았다. 단순히 일시적인 호흡곤란이 왔을 뿐. 그는 친구들의 부축을 받아 일어난 후에도 한참이나 가쁜 숨을 몰아쉬었다.

겨우 숨을 되찾은 그가 친구들을 옆으로 밀쳐낸 뒤, 내 앞으로 다가왔다.

"좋아! 네가 이겼어, 씨발."

그가 말했다.

그때였다.

"잠깐만요. 곧 다시 걸지요."

멀찌감치 떨어진 곳에서 사태를 방관하고 있던 팀 모리슨이 그렇게 말하며 핸드폰을 껐다.

그는 아직도 정신이 없어 보이는 제픽을 그냥 지나쳐서 내게 성큼성큼 다가왔다.

지나치게 빨리 다가오는 팀 모리슨의 모습에 시연이 "진욱 씨, 저기 조심해요."라고 황급히 말했다.

그가 친구를 대신해서 내게 주먹을 날리러 오는 줄 알았다. 하지만 그에게 별다른 적의는 없어 보였다. 뿐만 아니라 그는 귀신을 본 것처럼 크게 놀란 얼굴이었다.

팀 모리슨이 내게 다가오자마자 이렇게 말했다.

"드디어 찾았어. 나는 아니 아니, 우리는 당신 같은 사람을 찾고 있었어!"

"......"

갑자기 그의 얼굴에 환희에 찬 미소가 떠오르더니, 얼굴 전체로 순식간에 번졌다.

"어떻게 한 거야?"

그는 몹시 기뻐했다.

"무슨 소리를 하는 겁니까."

"말하자면 길어."

거기까지 말한 팀 모리슨은 뒤에 대고 외쳤다.

"제픽, 문제없지?"

제픽이 고개를 끄덕였다.

"정말 괜찮아?"

"괜찮아, 잠깐 정신없었던 것뿐이야. 씨발, 이게 무슨 꼴이야. 니들 어디 가서 함부로 소문내면, 니들 이름도 주간지에 굵직굵직하게 올라올 줄 알아."

와하핫.

그의 친구들이 웃음을 터트렸다.

시연과 나는 당황스러운 눈빛을 주고받았다.

"우선 내 집으로 들어가서 얘기하자. 당신에게 나쁘지 않은 제안이 있어."

잔뜩 들뜬 팀 모리슨의 눈동자가 건너편 가로등의 불빛을 받아 반짝반짝 빛나고 있었다.

　　　　*　　　*　　　*

"미안해. 나는 그쪽을 동양 여자라서 우습게 본 것이 아니고, 마음에 들어서 따라간 것뿐이었어. 또 그쪽이 그랬던 것도 튕기는 것의 일종이라고 생각해서…… 일이 그렇게 된 거야."

"그런 건 사과가 아닙니다."

나는 단호하게 말했다.

"내가 이렇게까지 사과하는데 사과가 아니라고? 나 제픽 버틀러라고."

제픽은 한숨을 푹 내쉰 후에 자리에서 일어났다.

"일본에서는 이렇게 사과하지?"

그가 시연에게 사무라이 영화의 한 장면처럼 절도 있게 고개를 숙였다.

"우리는 한국인이에요. 일본식 사과는 필요 없어요."

"한국? 서울?"

"그래요."

"그럼 한국에서는 어떻게 사과를 하는데?"

제픽이 억울하다는 듯한 얼굴로 나를 쳐다봤다.

"미국과 다른 건 없습니다. 책임을 전가하는 것은 또 다른 싸움을 야기하는 거죠. 진심으로 사과를 하면 됩니다. 당신이 잘못한 점에 대해서."

내가 말했다.

"네가 너무 섹시해서 내가 너무 무례하게 굴었어. 정말 미안하다, 미안해."

시연은 눈살을 찌푸리면서도 마지못해 고개를 끄덕였다.

"알았어요, 하지만 지금 이후로 당신과 말을 섞고 싶지 않아요. 내게서 떨어져 줘요."

제픽이 이제 됐지? 하고 나를 쳐다봤다.

할리우드 스타로서 누구에게 고개를 숙이고 사과를 한다는 것이 그에게 얼마나 모욕감을 주는지, 그의 얼굴만 봐도 짐작됐다. 그는 새빨개진 얼굴로 매우 불안정해 보였다. 친구들과 우리 눈치를 보면서, 시쳇말로 쪽팔려 죽을 지경에 이른 것처럼 느껴졌다.

"시연이라고 했지? 너만 괜찮다면 다음 주에 우리 집에서 하는 파티에 초대하고 싶어."

"말했을 텐데요. 제게서 떨어져 달라고요."

"다른 여자들은 못 와서 환장한다고, 젠장. 정말 미안해서 그러는 거야. 네가 생각하는 것처럼 나 그렇게 매너 없는 남자 아니야. 제픽 버틀러가 그런 취급 당한다는 게 미칠 것 같거든. 내게 기회를 줘. 진정한 내 모습을 보여줄게."

"그쯤 해두시죠."

내가 말했다.

"그럼 가라테가 아니야?"

갑자기 그가 뜬금없이 물었다.

"무슨 말입니까."

"내게 어떻게 한 거야? 스테로이드라도 맞은 건 아니겠지? 하하. 물론 농담이야. 다음 주에 네 친구와 내 파티에 같이 와줘. 그리고 오늘 내게 보여준 …… 태권도? 맞지? 태권도."

"……."

"가르쳐줘. 다음 영화 촬영까지 꽤 여유가 있으니까. 그거면 총 말고는 무서울 게 없겠어. 다음 주에 보자, 친구."

제픽은 팀 모리슨의 따가운 눈총을 못 이기고 "팀, 한국 친구들 연락처 받아놓을 거지?"라는 말과 함께 자리를 떠났다.

그 후 팀 모리슨이 안내한 방은 그간 그가 촬영한 영화 포스터들과 시상 트로피, 그리고 정체를 알 수 없는 황금 음반들이 멋지게 장식되어 있었다.

그중에는 한국에서 영아와 함께 본 '타깃 이즈 화이트 하우스'라는 영화의 포스터도 있었다.

그 영화 속에서 팀은 백인이면서도 모슬렘이었다.

영화 속의 팀은 강인한 신념과 높은 지성을 소유한 멋진 사내였다. 핸드폰 통화만 하면서 싸움을 방관만 하고 있었던 눈앞의 남자와는 다르게 말이다.

"그럼 진욱, 이제 우리 얘기를 해도 될까?"

팀이 말했다.

"진욱은 무슨 일을 해?"

"학생입니다."

"시연은?"

"저도요."

할리우드 배우에 동경을 가지고 있었던 시연이었지만, 그녀 역시 썩 유쾌하지 않은 어투로 답했다.

"기분들 풀어. 제픽의 사과가 부족했다면 내가 다시 한 번 사과를 할게. 미안해, 친구들."

팀이 서글서글한 미소를 지으며 말했다.

"우리를 팀의 방으로 안내한 용건이 뭐지요? 사과라면 다 받았으니 이제 일어나고 싶습니다만."

"진욱은 내가 아는 한국 사람하고 성격이 비슷한데. 킴도

성격이 참 화끈하지. 그런데…… 둘은 어떻게 해서 오늘 발표회에 오게 된 거지? 동행이 누구야?"

팀이 서둘러 말했다.

"아! 오해는 마. 자리가 자리인 만큼, 난 단지 진욱이 영화 시장과 많은 연관이 있었으면 해서 한 말이니까. 그렇다면 진욱이 내 제안을 받아줄 확률이 커지거든."

"본론부터 말씀하세요."

"이런 이런, 알았어. 실은 제픽과 같아. 진욱의 솜씨를 보고 이거다 싶었어. '타깃 이즈 화이트 하우스' 봤어?"

나는 고개를 끄덕였다.

"대박이 나서 장식장이 허전하진 않게 됐지만."

팀은 그의 트로피 장식장을 흘깃 쳐다본 뒤에 계속 말했다.

"내가 원하는 역은 디캐프리오의 역이었어. 봤으면 알 거야. 영화에서 그의 액션이 얼마나 죽여줬는지."

어쩐지 그의 목소리에 점점 힘이 들어가기 시작했다.

"내가 원하는 건 타깃 이즈 화이트 하우스에서 보여줬던 디캐프리오의 액션이야. 그런데…… 사실 그처럼 꼴사나운 건 싫어. 너희도 그가 카메라 앞에서 물에 빠진 어린아이처럼 허우적댔던 것을 봤어야 했는데. 크큭. 컴퓨터 그래픽이나 편집 기술로 만든 액션은 딱 거기까지거든. 한 번 찍고 한 번 보고. 그야말로 팝콘과 다를 바 없지. 하지만 진정한 액션은 전 세대를 아울러. 부르스 리의 영화처럼 말이야. 내가 배우가 된 건 바로 그런 영화를 찍기 위한 거지, 이딴 히어로 무비를 찍고 싶어서가 아니야."

팀 모리슨이 그의 전작에서 보여줬던 강한 신념을 얼굴에 비추고는 나를 애타게 쳐다봤다. 적어도 조금 전에 했던 그의 말은 거짓이 아니었던 것이다.

"돈은 벌 만큼 벌었어. 모르겠어? 나는 이제 내가 원하던 진짜 배우가 되고 싶은 거야."

"……"

"UFC 챔피언들은 물론이고 주짓수 마스터부터, 동양 무술계의 마스터들도 다 만나 봤어. 전직 네이비 실의 교관들도 마찬가지야. 하지만 그들로는 확신이 가지 않았어. 하지만."

그가 입술을 혀로 축이고 말을 이었다.

"오늘, 진욱을 봤지. 제픽한테는 미안한 말이지만 그야말로 죽여줬어! 더욱이 오늘 보여줬던 진욱의 솜씨는 'A drop in the ocean.' 일 거잖아!"

팀은 어느새 내 쪽으로 상체를 눈에 띄게 기울인 상태였다.

"진욱! 진욱이 배운 게 뭔지는 모르겠지만, 네 솜씨로 나를 훈련시켜줘."

그는 마치 십 년을 짝사랑하다 고백하는 이처럼 두근거리는 눈으로 나를 쳐다봤다.
"무슨 말씀인지 알겠습니다. 하지만 너무 일방적이시군요. 제겐 그럴 여유도, 관심도 없습니다."
담담히 대답했다.
시연도 어이가 없다는 기색을 표하며 핸드백을 끌어당겼다.
우리는 약속한 듯이 자리에서 일어났다.
"기다려, 진욱."
팀 모리슨도 황급히 소파를 박차고 일어났다.
"내 제안을 다 듣지 못했잖아. 에이전트를 부를 테니까 정식으로 계약을 체결하자고. 사실 에이전트가 할 일이지만, 진욱이 원하는 금액이 있으면 부르기만 해. 내가 잘 말해놓을게. 단기간에 최소 십만 달러야."
그때, 시연이 몸을 움찔거렸다.
버럭!
"십만 달러요? 당신네들 다 그러는 건가요? 진욱 씨가 우습게 보여요? 당신이 데리고 노는 계집들이라면 십만 달러라면 환장을 하겠죠. 그네들한테나 주세요, 그런 돈."
시연의 뜨거운 손바닥이 내 손목을 감쌌다. 시연이 한국말로 "가요, 진욱 씨. 이런 쓰레기 같은 인간들이 우글거리는 곳에 진욱 씨를 데리고 온 제 잘못이에요. 정말 미안해요."라고 하면서 나를 끌고 문으로 향했다.

"잠깐, 잠깐 기다려."

팀 모리슨은 서둘러 뛰쳐나와 우리의 앞을 가로막았다.

그는 진정으로 간절한 얼굴을 하면서 문을 등지고 섰다. 마치 자신의 허락 없이는 이 방을 절대 빠져나갈 수는 없다는 듯이 말이다. 그는 시연과 내게 몇 번이고 사과를 했고, 우리는 할 수 없이 다시 소파에 앉아야 했다.

"우리가 이 파티에 있는 것만 해도 모르겠어요? 팀, 당신네들이 우리를 너무 우습게 보는데, 우리도 돈이라면 얼마든지 있어요. 우리는 학생이지만 평범한 학생은 아니에요. 우리는 아메리칸드림으로 온 동양인이 아니라 Heir(상속인)이에요. 그리고 우리가 상속받을 돈은 당신이 앞으로 평생 벌 돈보다 몇 배는 많을 거예요. 그러니 그런 우스운 말은 하지 마세요."

시연이 한 음절 한 음절마다 악센트를 주며 말했다. 잔뜩 찡그려진 얼굴이 아니라도, 그녀의 어투와 한 말로 볼 때 그녀가 얼마나 화가 났는지 알 수 있을 것이다.

팀 모리슨은 당황한 기색이 역력했다. 한동안 말을 잇지 못하더니, 어디론가로 급히 전화를 걸었다.

"제임슨? 나 이번 영화 계약 파기할 거예요. 그러니 제임슨도 다른 주연 알아보세요. 아니요, 약 같은 거 안 했어요. 아주 깨끗한 정신으로 말씀드리는 거예요. 에이전트한테 통보하기 전에 그래도 제임슨에게 먼저 알려줘야 할 것 같아서요. 아니요, 이쪽으로 올라오진 마세요. 부탁할게요. 자세한 사정은 나중에 얘기하겠습니다. 제겐 아주 중요한 일이에요. 그럼."

그는 또다시 전화를 걸었다.

"딜런, 지금 당장 그린 애로우 계약 파기해. 위약금이야 얼마든지 물어주고. 시끄러워. 지금 콜롬비아 픽처스가 문제가 아니야. 당신도 나하고 계약 유지하고 싶으면…… 지금 당장 그린 애로우 계약부터 파기해. 당장!"

그의 핸드폰 너머에서 시끄러운 소리가 들렸지만, 그는 가뿐하게 핸드폰 배터리를 뽑아 버렸다.

그리고는 나를 보며 배시시 웃었다.

"진욱, 나는 네가 상상하는 것 이상으로 간절해. 나를 훈련시켜줘."

* * *

하루는 시연이 E.W(Entertainment Weekly)라고 하는 미국의 연예 잡지를 가져왔다.

거기에는 그날 있었던 히어로 무비 '그린 애로우'의 제작 발표회가 소란 속에 끝난 경위가 상세히 담겨 있었다. 주연 배우 팀 모리슨의 일방적인 계약 파기에, 스파이더맨의 흥행을 이어받을 히어로 영화가 제작 시작 전부터 난항을 겪고 있다는 내용 뒤로 팀 모리슨의 인터뷰가 실려 있었다.
"이 부분을 봐요."
시연이 인터뷰 중 한 대목을 가리켰다.

Q) 콜롬비아 픽처스에서는 팀을 대체할 주연배우를 찾지 못할 것입니다. 그것에 대해서는 책임을 느끼지 않습니까?
A) 계약을 파기한 건 나로서도 심히 유감스럽다. 하지만 절대 후회 없는 결정이었고, 콜롬비아 픽처스 외에도 이 일로 피해를 본 집단이 있다면 배상할 생각이 있다.
Q) 콜롬비아 픽처스에서 위약금으로 500만 달러를 요구했다고 합니다만, 사실입니까?
A) 그렇다, 그리고 이미 배상하였다.
Q) 상당한 금액을 배상하면서까지 계약을 파기한 이유가 무엇입니까? 그린 애로우의 흥행은 보장되어 있지 않았습니까. 그린 애로우의 흥행이 팀의 재정을 더욱 탄탄하게 해줄 것 같았는데요.
A) 돈과는 상관없는 일이다. 이것은 나의 꿈이다. 돈 이야기는 하지 말아주길 바란다.
Q) 그렇다면 팀의 꿈은 무엇입니까.
A) 진정한 액션 배우다.
Q) 팀은 이미 〈플라잉〉과 〈타깃 이즈 화이트 하우스〉에

서 액션 스타로 자리매김을 하였는데요?

A) 그것들은 액션 영화라고 할 수 없다.

Q) (웃음) 타깃 이즈 화이트 하우스의 감독, 그린그래스가 들으면 분노하겠는데요?

A) 나는 사실을 말한 것이다. 그 역시 내 말에 동의할 것이다. 설사 동의하지 못해도 상관없다. 액션을 표방한 할리우드의 모든 영화들은 진정한 액션이 아니다. 그것들은 컴퓨터 기술에 불과하다. 더 이상 팝콘 영화는 거부하겠다.

Q) 확실히 말씀해주시겠습니까? 저는 팀이 은퇴를 선언하는 것으로밖에 생각되지 않습니다.

A) 기다려 달라. 한국에서 온 친구가 나를 훈련시켜주고 있다. 팬들은 물론이고 할리우드의 모든 영화계 사람들이 진정한 액션에 깜짝 놀랄 것이다. 확신한다.

Q) 훈련을 받고 있다는 건 무슨 말입니까?

A) 말 그대로다.

Q) 그렇다면 한국에서 온 친구 이야기를 조금 더 자세히 들을 수 있겠습니까?

A) 나는 지금껏 그와 같은 이를 본 적이 없다. 그는 진정한 액션의 소유자이다. 장담컨대 전성기 때의 캘리포니아의 주지사가 열 명이 온다고 해도 그를 당해내지 못할 것이다.

Q) 대단한 남자에게서 훈련을 받고 있군요. 더 자세히 얘기해주시겠습니까?
A) 이 이상은 곤란하다. 왜냐하면 나의 친구가 원치 않기 때문이다. 그에 대해서 알려고 하지 말길 바란다. 탑 시크릿이다.(웃음)

"진욱 씨, 그를 받아줬어요?"
시연의 물음에 나는 고개를 저었다.
"신경 쓰지 마세요. 그가 멋대로 한 인터뷰입니다."
"이 인터뷰도 그렇고, 500만 달러를 단번에 배상했다는 걸 보면 이 남자 진심인 모양이에요."
그러면서 시연은 나를 빤히 쳐다봤다.
"그가 이해가 안 되는 건 아니에요. 저 역시 그날을 다시 떠올리면, 마치 영화의 한 장면 같았는걸요. 약속된 연기가 아니라 즉흥적으로 일어난 사건이라기엔, 진욱 씨 정말 대단했어요. 어디서 그런 걸 배운 거예요."
"남들보다 운동신경이 조금 더 좋을 뿐입니다."
"후훗, 겸손도 지나치면 못써요. 곤란해하는 것 같으니 더 묻진 않을래요. 대신에 제게도 호신술 좀 가르쳐주는 건 안 되나요? 요즘엔 여자들도 자기 몸은 자기가 지켜야 하잖아요. 특히나 여기에선."
"총이 있지 않습니까."

"진심으로 하는 말 아니죠? 총은 끔찍한 거예요. 유학이 끝나는 대로 한국 가서 살 생각을 하면, 한국이 총기 소지가 불가능한 국가라는 게 얼마나 다행인지 몰라요. 그나저나 팀을 어쩔 생각이에요?"

"음……."

"할리우드 스타도 사람은 사람인가 봐요. 요 근래 그가 진욱 씨에게 집착하는 것을 보니 그런 생각이 들어요. 지금 하는 걸로 봐선 웬만해서는 떨어지지 않을 것 같아요. 어제도 그래요. 진욱 씨가 도서관에 있는 걸 어떻게 알았는지 거기까지 찾아왔잖아요."

눈살이 찌푸려졌다.

물론 그가 의도한 건 아니겠지만, 어제 그가 수십 명의 파파라치들을 이끌고 학생들이 공부하는 도서관까지 온 것은 정말 무책임한 행동이었다. 하지만 너무도 절실한 그의 얼굴은 지금까지도 잊혀지지 않는다.

그때 그는 마치, 부도 직전에 마지막 대출 상담을 받으러 온 늙은 사업가의 얼굴을 하고 있었다.

"그의 진정성은 인정할 만합니다. 흥행 보증된 영화를 포기하고 콜롬비아 픽처스라는 큰 영화사와 척을 지면서까지 자신의 꿈을 위해 도전을 한다는 것, 그건 쉬운 일은 아니죠. 하지만 방법이 너무도 일방적이고 무례합니다."

"그 남자 편을 들려는 건 아닌데요. 그는 정말로 간절해 보이긴 했어요."

"압니다. 하지만 저는 이러려고 이 땅에 온 게 아니니까요. 분명 시간을 빼앗길 겁니다."

시연이 피식하고 눈웃음을 지었다.

"정말 황당한 일이에요. 불과 며칠 전까지만 해도 팀 모리슨을 보게 됐다면서 좋아했었는데, 이런 일이 있을 거라고는 생각지도 못했죠."

제5장
검과 권

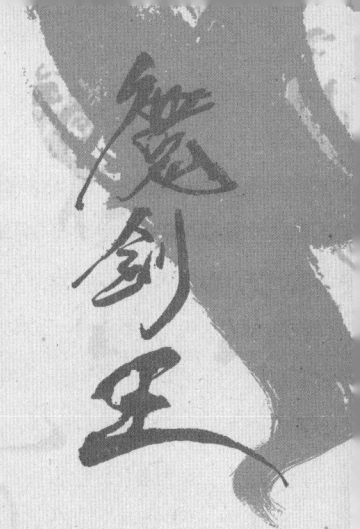

불 꺼진 할렘의 거리를 걸었다.

거리에는 나와 거리의 부랑자들뿐이었다.

감각적이었던 그래피티들이 어둠에 묻히자, 낮과는 달리 을씨년스럽게 변했다.

그 아래, 상자를 덮고 잠든 흑인 노숙자가 기침을 하다가 나를 물끄러미 쳐다보았다. 약과 알코올에 젖어 죽어 버린 그 눈빛이 한참 동안이나 내게 머무르다 사라졌다.

집에 돌아오는 대로 메신저에 접속했다.

"밥은 제대로 먹고 다니는 거야?"

모니터 속의 바다가 나를 보며 걱정스러운 표정을 지었다.

바다는 언제나처럼 예뻤다.

반짝 빛나는 이마에서부터 코로 이어지는 부드러운 선, 꽃잎을 문 것같이 분홍빛을 띠는 입술, 무엇보다도 유리구슬같이 선명한 눈동자가 나를 설레게 만들었다.

나는 억지로 웃었다.

"무슨 문제 있지? 그렇지?"

바다가 물었다.

"없어, 그런 거."

"오빠는 얼굴에 다 티 나. 타지 생활이 외로워서 그래? 나 이번 앨범 활동 마치는 대로 한 번 갈게."

"하는 일은 잘되고 있어?"

"인터넷 검색도 안 해 보는구나. 그동안 우리 이쪽에서 제법 인정받고 잘나가고 있어. 그것보다도 무슨 일이야?"

오늘따라 부쩍, 바다에게 속 시원하게 털어놓고 싶다는 기분이 들었다.

"그냥 막연한 희망이 아니었을까 하고 생각하고 있었어."

"막연한 희망이라니?"

"미국에만 오면 세상을 보는 눈이 달라질 거라고 믿었던 것 같아. 하지만 생각과 달리 달라진 게 하나도 없어."

제픽과 주먹다짐을 했던 것을 떠올리면 부끄러워서 견딜 수가 없다.

"응? 왜 갑자기 그런 생각을 하는지 모르겠어. 오빠 미국에 간 지 한 달도 되지 않았잖아."

"한 달?"

"그래, 한 달."

"그랬던가······."

"그래, 저번 달 19일에 갔으니까 아직 한 달도 안 됐어. 오빠는 이제 시작인걸. 걱정하지 말고 유학 생활을 즐겨. 그런 말도 있잖아. 음미되지 않은 삶은 가치가 없다."

"소크라테스?"

바다가 환하게 웃었다.

"나 요즘 책 많이 읽어. 연예계가 얼굴이 이쁜 것만 가지고는 되는 게 아니더라고. 후후. 장난이고, 지금 생활을 게임의 퀘스트를 하듯이 뭔가를 해치워 나가야만 하는 거라고 여기지 마. 소크라테스의 말처럼 지금 생활을 음미하다 보면 가치 있는 일을 찾게 될 거야."

바다는 그렇게 말해놓고 멋쩍은지 "그게······ 책에서 그러더라고." 하면서 부끄러운 표정을 지었다.

"고로, 오빠가 어떻게 지내는지 이야기해줘. 요즘에 무슨 일 있었어?"

바다가 또다시 해맑게 웃었다.

이 안쓰러운 아이는 비탄의 늪에 빠진 나를 구제하기 위해서 노력하고 있었다.

나는 저번 주에 있었던 일을 얘기해 줬다.

"정말이야? 영아 얘기가 사실인가 보네……."

"영아?"

"오빠가 고등학교 때 싸움 전설이었다는 거. 거기서도 통할 정도면 말이야……. 그런데 다친 데는 없어? 카메라로 얼굴 가까이 대 봐. 확인해 봐야겠어."

"아니, 다친 데는 없어."

"빨리!"

하는 수 없이 나는 카메라에 얼굴을 가까이 가져다 댔다. 그랬더니 스피커에서 쪽 하는 소리가 났다. 모니터에는 뽀뽀를 마친 영아가 나를 보며 미소를 짓고 있었다.

나도 웃어 보이고 싶지만 얼굴이 말을 듣지 않았다.

"그날 싸움이 생각날 때면…… 너무 힘들어."

"남자가 싸울 수도 있지, 뭐."

그런 건 싸움이라고 할 수 없어. 나하고 육체적으로 싸울 수 있는 사람은 이 세상에 존재하지 않아. 그리고 그것이 나를 힘들게 하는 진짜 이유야.

그런 생각들이 속에서 꿈틀거려댔다.

바다도 얼굴에서 미소를 지웠다.

"오빠는 스스로를 너무 몰아붙여. 고시 준비 때도 그랬어. 무슨 이유에선지는 모르지만 언제나 오빠는 우울해 있었잖아. 거기서도 그러는 건 아니겠지? ……걱정되게……."

바다의 눈이 촉촉이 젖어들어 가는 걸 보니 내가 큰 실수를 저질렀다는 것을 깨달았다.

별것 아니라는 식으로 변명하려고 하려던 그때, 바다가 먼저 입을 열었다.

"그래도 오빠가 지금 느끼는 감정, 솔직하게 말해줘서 고마워. 사실 요 근래 많이 불안했었어. 오빠하고 멀어지는 건 아닌지. 그런데 오늘 조금 안심이 된다. 나 정말 못됐지?"

"아니야."

"있지, 내가 느끼기엔 그래. 오빠는 언제나 무거운 짐을 지고 있는 것 같아. 마음 같아선 카운셀링이라도 받아보라고 하고 싶지만, 그건 싫지?"

그런 문제가 아니다.

그 누구도 내 문제를 상담해줄 수는 없다.

"오빠 자신을 너무 몰아붙이지는 마. 이제 시작이고, 분명히 오빠가 원하는 걸 찾을 수 있을 거야. 오빠는 그런 남자니까. 그러니까 내가 오빠를 믿지. 자신을 의심하지 말자, 알았어?"

"고맙다."

나는 진심으로 대답했다.

"어쩜, 그 무뚝뚝한 성격은 고칠 생각 없어?"

"천성이 그런걸."

어느새 나는 웃고 있었다.

바다도 한결 편안해진 모습이었다.

"그러니까 결론은 말이야. 팀 모리슨의 제안을 받아들이는 게 어때? 색다른 경험이 될 거야. 많은 걸 보고 겪으러 미국에 간 거잖아. 더군다나 그 사람이 무척이나 간절하다면서. 음…… 음…… 음…… 그런데 진짜야?"

"어?"

"그런 대스타가 오빠한테 싸움을 가르쳐 달라고 해? 주변에 사람이 없대? 흐흐."

"싸움이 아니라 훈련. 그리고 액션이라는데."

"으응, 나는 잘 모르겠어. 아무튼 할리우드 스타냐 아니냐를 떠나서 말이야. 어떤 사람이 내가 가진 능력을 간절히 원한다면 나는 도와주고 싶을 것 같아. 오빠 선택이지만, 만약 그 사람을 훈련? 시켜주기로 결심한다면 내게도 알려줘."

"왜?"

"싸인 좀 받아 달라고, 흐흐. 팀 모리슨이잖아."

"하!"

"맞다, 그 영화 제작 발표회에는 누구하고 간 거야?"

"어?"

"누구하고 간 거야? 오빠 혼자 간 건 아닐 거 아냐."

"일성 사람하고."

나도 모르게 거짓말이 나왔다.

너무도 자연스럽게 나온 말이라 나는 적잖이 당황했다. 바다의 눈이 가늘게 째졌다.

바다가 의심스러운 어투로 말했다.
"걸리기만 해 봐. 가만두지 않을 테니까."
"걸리다니 뭐가."
"거짓말이든 여자든."
실로 오랜만에 식은땀이 등줄기에서 느껴졌다.
"어? 이 남자가 점점?"
"잠깐, 누가 왔다."
"거짓말이지?"

대답 대신 카메라를 문 쪽으로 돌렸다. 바다에게 기다리라는 말을 남긴 뒤 노크 소리가 들리는 현관문으로 향했다. 문에 박힌 외부 확인경으로 밖을 살펴보자, 그 자리에 모자를 깊게 눌러쓴 남자 한 명이 서 있었다.

팀 모리슨이었다. 우선 문부터 열었다.
"미안, 진욱. 연락도 없이 와서. 통 연락이 되지 않아서."
그가 선수를 쳤다.
"우선 들어오시죠."
그를 거실로 안내한 다음 컴퓨터 앞에 앉았다.
"누구?"
바다가 물었다.
"내가 말한 그 사람."
"팀 모리슨? 진짜? 우와! 대박!"
바다의 목소리가 대번에 커졌다.

"어, 그를 상대해줘야 할 것 같은데. 미안해서 어쩌지."

"미안하긴, 어서 얘기들 나눠. 대신 끝나면 나한테도 알려줘야 돼, 무슨 이야기 했는지. 이게 대체 무슨 일이래. 그럼 나 갈게."

네가 보고 싶다 님께서 로그아웃하셨습니다, 라는 문구와 함께 모니터 속의 바다도 사라졌다.

컴퓨터 전원을 껐다. 그런 다음, 거실 중앙에 어정쩡하게 서 있는 그에게 소파를 가리켰다. 인조가죽이 군데군데 뜯겨 나간 그 소파는 인근 중고샵에서 헐값에 가져온 것이었다.

"물?"

내가 물었다.

"맥주 사왔어."

팀이 바닥에 종이봉투를 내려놓았다. 나는 그가 건넨 맥주캔을 받으며 말했다.

"그런데 연락도 없이 오면 어떡합니까."

"나 때문에 핸드폰을 꺼뒀어? 혹시 내가 '게이'라고 오해하는 건 아니지? 그건 날 우습게 만들려는 자식들이 멋대로 지어낸 거야."

"그게 문제가 아닌 건 당신도 알지 않습니까?"

그는 "차라리 게이라고 오해하는 편이 나았을지도."라고 의미 없는 말을 중얼거렸다.

"네가 자꾸 이렇게 날 거부하면, 정말로 게이가 되어 버릴

지도 몰라."

그가 맥주 캔을 따며 말했다.

그의 농담에 대꾸하지 않고 맥주를 한 모금 들이켰다. 시원함이 목을 타고 넘어가는 게 느껴졌다.

"매일 찾아올 거야. 진욱이 허락할 때까지. 조금 전에 게이 발언, 농담이 아니야. 이렇게 매일 찾아오면 언젠가 파파라치에게 걸릴 테고, 우리는 섹시한 한 쌍의 게이가 돼서 주간지에 실릴 테지. 하하."

"웃기지도 않습니다."

"그러니까."

"나는 모르겠습니다. 당신 같은 스타가 왜 내게 목을 매는지 말입니다. 당신의 말대로, 당신이 원한다면 전직 네이비 실 교관도 훈련 교관으로 고용할 수 있지 않습니까. 내가 당신을 훈련시켜준다고 해도, 네이비 실 교관과 다를 게 없을 겁니다. 그런데 우리 집 주소는 또 어떻게 안 겁니까?"

"내 페이스 북에 진욱의 이름을 쓰니까, 내 팬 중 누군가가 올려두던데."

"그 정도면 병입니다. 미국에서도 그런 행위는 범죄라고 알고 있는데, 아닙니까?"

머리가 아파 왔다.

"그 정도로 나는 진욱을 원하는 거야. 나는 봤어. 보고 피하고, 인체의 급소를 골라서 아주 손쉽게 사람을 제압하는 모습을 말이야. 마치 본 얼티메이텀의 맷처럼 말이야. 더욱이 제픽은 데뷔 전에 아마추어에서 날렸던 복싱 선수였어. 네이비 실? 그 작자들이 진욱처럼 할 줄 아는 줄 알아? 그 작자들이 잘하는 건 물 속에서 숨 오래 참는 것밖에 없어. 그들이 얼마나 그걸 자랑스럽게 여기는데."

내가 나머지 맥주를 들이켜는 사이, 그는 계속 말했다.

"진욱은 죽여줘. 그날 보여줬던 건 빙산의 일각일 뿐이란 것도 알고. 그 솜씨, 아깝잖아."

"보세요, 팀 모리슨 씨. 나는 미국에 놀려고 온 것이 아닙니다. 당신이 생각하는 것처럼 나는 한가하지 않아요."

"무엇을 원하는지 말만 해. 돈이 필요 없다는 것도 알겠어. 그럼 무엇을 위해서 미국에 온 거지?"

"이 세상의 틀을 몸소 체득하기 위함이라고 한다면, 무슨 말인지 아시겠습니까?"

"어렵군, 하지만 대충은 감이 와. 내가 도와줄 수 있어. LA에 있다고 해서 할리우드에서만 노는 게 아니야. 돈이 굴러가는 곳에 정치, 경제, 종교, 문화, 다 얽히고설켜 있지. 언제고 그들을 소개시켜줄 수 있어."

"그런 게 아닙니다. 나는……."

가슴에 돌덩이가 차 들어왔다.

그리고는 그것들이 깊은 곳으로 묵직하게 가라앉는 것 같은 기분이 들었다.

"날 도와줘. 내가 네게 해줄 수 있는 게 없더라도 날 도와줘. 부탁한다."

그 무엇이 할리우드 스타가 알려지지 않은 동양인 남자에게 고개를 숙이게 했을까.

꿈?

나의 꿈, 그리고 숙원은 내가 가진 이 거대한 힘의 책임을 다하는 것이다. 하면 나는 나의 꿈을 위해 해온 것이 있긴 한가? 혼란스럽다. 하이데거의 말을 빌어 나는 그저 '던져진 자'로 안주해 있는 것은 아닐까.

세상에 던져진 자로, 단지 생존하기 위해서 발버둥친 결과가 지금이다.

젠장.

"알겠습니다."

팀 모리슨의 휘둥그레진 눈으로 나를 쳐다봤다.

"진욱!"

"당신이 원하는 정도의 솜씨를 지니기 위해서 당신은 인간의 한계를 넘는 혹독한 프로그램을 이수해야만 합니다. 내가 짠 프로그램을 이수하는지, 이수하지 못하는지는 당신의 책임입니다."

와락!

그가 소파에서 나를 강하게 안았다. 나는 그를 밀어내면서 입을 열었다.

"그리고 두 가지 조건이 있습니다. 하나는 내 친구가 한국에서 그룹으로 가수를 합니다. 그 그룹을, 후에 팀이 찍을 영화의 OST 작업에 참여시켜주길 바랍니다."

"또?"

팀이 그런 것쯤이야 문제없어, 하는 어투로 대답했다.

"내가 원할 때 팀도 내 부탁을 하나 들어줬으면 합니다."

　　　　　＊　　　＊　　　＊

계단에서 마주친 덩치 큰 흑인 남성과 눈인사를 교환했고, 그의 손에 붙잡혀 있는 장난꾸러기 꼬마와도 주먹을 부딪쳐 그들 식의 인사를 했다.

"두 녀석이 네 집 앞에서 어슬렁거리고 있어. 귀찮게 굴면 나를 찾아와."

흑인 남성이 말했다.

그 말에 나는 기분이 좋아졌다. 그들에게 선물을 한 것도 아니고, 딱히 통성명을 나눈 것도 아니었다.

그저 한 번씩 오가면서 눈인사를 한 것이 다인데, 그들은 친근하게 웃어주며 나를 그들의 이웃으로 받아주기 시작했다.

그리고 보니 그 외에도 할렘가의 주민들에게서 경계 어린 시선들이 많이 사라졌다. 아직도 그들에게서 이웃으로 인정받지 못하는 많은 동양, 남미 이주민들과 나와의 차이점은 나는 그들을 피하지 않는다는 것이다.
"고맙습니다. 아마도 제 친구들일 겁니다."
나는 대답했다.
흑인 남성은 어깨를 으쓱한 뒤 그의 아들과 함께 마저 계단을 내려갔다.
예상대로 팀이 처음 보는 남자와 함께 우리 집 문 앞에서 나를 기다리고 있었다.
그가 나를 보자마자 무척 반가운 표정을 지었다.
우리는 함께 집 안으로 들어갔다.
"언제부터 기다리고 있었습니까?"
"두 시간? 괜찮아, 모든 활동을 중지했으니까. 지금 가진 거라곤 시간뿐."
"다음부터는 기다리지 말고 제게 연락을 하세요."
"오케이, 그리고 이쪽은 내가 얘기했던 알렉스 산토르."
팀이 구릿빛 피부의 알렉스를 소개했다.
175센티미터를 조금 넘는 그는 운동으로 다져진 단단한 몸매의 소유자였는데, 남미 계열의 남성만이 가질 수 있는 야성미와 잘 어울렸다. 그가 파마를 한 것처럼 웨이브 진 단발머리를 한쪽으로 쓸어올렸다. 그러자 배우같이 잘생긴 외모가 드러났다.
"팀에게 진욱 얘기 많이 들었습니다. 앞으로 잘 부탁합니다."

그가 악수를 청했다.

나는 그를 본 적이 없었다. 하지만 그 역시 할리우드에서 인지도 있는 배우라고 들었다.

팀이 원하는 액션을 하기 위해서는 '무 편집, 원 테이크'로 영화에서 팀과 손발을 맞출 짝이 필요했는데, 그가 바로 알렉스다. 팀에게 듣기론 알렉스 역시 계약된 모든 일정을 취소하였고 액션에 대한 열정이 그 못지않다고 하였다.

"팀에게 들었겠지만 힘든 트레이닝이 될 겁니다."

"이날만을 기다려 왔습니다. 팀이 우리를 훈련시켜줄 사람을 찾았다는 말에 얼마나 흥분했는지 모릅니다. 마이애미에서 바로 날라왔습니다. 무슨 일이 있어도 진욱의 트레이닝을 이수하겠습니다."

알렉스가 들뜬 기색이 역력하게 말했다.

"당신들이 원하는 액션은 인간이 가진 신체의 모든 잠재능력을 끌어내는 것입니다. 그것은 죽음에 가까운 극한의 한계를 수없이 넘어야 얻을 수 있습니다. 그런데 알렉스는 제 실력에 대해서는 의심하지 않는군요?"

"할리우드 최고의 완벽주의자가 선택한 사람인데 두말하면 입 아프죠."

"글쎄요. 저는 두 분을 도와 드리기로 했습니다. 그러니 저는 두 분이 끝까지 따라왔으면 하는 바람입니다. 하지만 제 훈련은 극한에 도전하는 일이니만큼 앞으로 제게 절대적인 믿음이 있어야 하는데, 제 솜씨를 직접 겪어보지 않고선 분명 힘들 겁니다. 여기에서는 아이비리그 대학생, 특히 동양계 학생들을 '공부벌레'라고 한다지요? 알렉스."

"네."

"동양계 공부벌레에게 훈련을 받을 순 없지 않겠습니까?"

"그럴 필요 없어, 진욱."

팀이 황급히 말했다.

"팀도 마찬가지입니다. 집이 좁으니 장소를 옮겨야겠습니다. 옥상이 좋겠군요. 두 분 다 따라오세요."

아직은 달빛이 밝았다.

옥상으로 올라온 우리는 정체불명의 쓰레기들을 한쪽으로 밀어낸 뒤 널찍한 공간을 만들었다.

둘을 앞에 세워놓고 말했다.

"팀."

"어?"

"준비해오란 것은 어떻게 됐습니까?"

"여기 있지."

팀이 메고 온 가방에서 캠코더를 꺼냈다. 나는 그것을 받아 적당한 곳에 고정시켰다.

그리고는 화면의 중앙 부분에 섰다.

"둘이 할 수 있는 한 최고로 나를 공격하세요. 어떤 공격이든 좋습니다."

팀이 이런 기회를 기다렸다는 듯이 씩 웃었다. 반면, 알렉스는 팀에게 곤란하다는 눈빛을 보내고 있었다.

"팀이 먼저 하세요. 그리고 알렉스는 언제든지 중간에 끼어들면 됩니다. 팀?"

팀이 고개를 끄덕였다. 그는 주저하지 않고 내 얼굴을 향해 주먹을 휘둘렀다.

정식으로 운동을 배워 본 적이 없는 그의 주먹은 힘만 잔뜩 들어가 있었다. 즉 빈 공간이 큰 포물선에 불과했다.

쉬익.

무릎 굽히자 그의 주먹이 내 머리칼을 스치고 지나갔다. 팀의 두 번째 공격, 세 번째 공격이 바로 이어졌다.

그야말로 그는 아무렇게나 주먹을 휘두르기 시작했다. 그의 공격을 피하는 건 내겐 아무것도 아니었다. 나는 그의 주먹을 내 몸에 닿을 듯 말 듯하게 피해주면서 알렉스에게 손짓했다. 그래도 알렉스는 확신이 서지 않는 것 같았다.

"헉헉."

팀이 가쁘게 숨을 몰아쉬면서 또다시 풀스윙을 했다.

나는 이번에도 자세만 낮춰 피한 다음, 일어섬과 동시에 공중으로 도약했다. 허공에서 제비를 돌아 팀의 등 뒤로 넘어갔고, 팀의 등을 앞으로 밀었다.

팀은 중심을 잃었다. 나는 그대로 앞으로 고꾸라지는 그를 왼발로 차올렸다.

168

팀은 용수철처럼 내 쪽으로 안겨왔다.

나는 그를 조심히 안았다.

팀이 내 품에 안겨서 눈을 연방 깜박거렸다.

"알렉스! 봤어? 무슨 일이 일어난 거야? 헉헉."

팀이 주섬주섬 일어서며 알렉스를 쳐다봤다. 알렉스가 나를 손가락질했다.

"진, 진욱이 너를 뛰어넘었어. 팀. 어떻게 했는지는 몰라도 너를 뛰어넘은 뒤, 넘어트렸고 그리고는 너를 일으켜 세웠어. 그건 마치 중력을 조절할 수 있는 것처럼 보였어. 이건 말도 안 돼! 미쳤어."

"그렇게까지? 말했잖아. 진욱은 죽여준다고."

"말도 안 돼."

알렉스는 내게 시선을 유지한 채 천천히 다가왔다. 그가 나를 위아래로 훑어보았다.

그에게 말했다.

"공격하세요, 알렉스. 이번에는 둘 다."

알렉스는 무언가에 홀린 사람처럼 고개를 끄덕였다. 그는 어떻게 시작해야 할지 우물쭈물하다가, 팀과 마찬가지로 아무렇게나 주먹을 휘두르는 것으로 시작했다.

중간에 팀도 합류했다.

둘은 마구잡이로 주먹을 휘둘렀고, 나는 이번에는 선 자리에서 피하지 않고 날아오는 공격들을 저지했다.

이를테면 그들의 팔꿈치, 손목, 무릎 부위들에 부상을 입지 않을 정도의 힘을 가했다. 그러면 그들은 그때마다 한쪽 줄이 끊긴 꼭두각시처럼 휘청거려댔다.

둘이 거의 동시에 제자리에 주저앉았다.

둘은 거친 숨만 몰아쉬면서 땀을 흘려대기에 바빴다.

그 사이 나는 한쪽에 고정시켜뒀던 캠코더를 가져왔다.

정지 버튼을 눌러 팀에게 건넸다.

내 뜻을 알아차린 팀은 파르르 떨리는 손으로 캠코더를 조작하기 시작했다. 둘은 그렇게 한참을 캠코더 안의 액정을 쳐다봤다. 둘은 얼어붙은 것처럼 눈도 깜박이지 않았다.

이윽고 알렉스가 입을 열었다.

"어떻게 이럴 수가 있지? 진욱은 네오(Neo)야. 진심으로 말하는데 여기는 매트릭스 안일지도 몰라."

한참을 말없이 있던 팀이 캠코더를 가지고 내게 다가왔다. 그가 속삭이듯 말했다.

"이 영상을 내 페이스북에 올려도 될까? 우리만 본다는 건 왠지 죄를 짓는 기분이 들어. 이렇게 죽여주는 영상은 난생 처음이야. 바로 이게 내가 원하던 거야. 진욱, 이것이 진정한 액션이야."

잔뜩 흥분한 팀의 코가 벌렁거렸다.

"물론 안 됩니다."

담담하게 말하면서 삭제 버튼을 눌렀다. 팀은 거의 울상에 가까운 얼굴이 되었다. 하지만 금방 희열로 가득 찬 눈을 부릅뜨면서 나를 껴안았다.

알렉스까지 합세했다.

그 바람에 나는 땀으로 뒤범벅된 두 남자의 진한 포옹을 받아야만 했다.

"알렉스! 맞지? 내 말이 맞잖아. 우리는 드디어 네오를 찾았어. 미쳤어!"

팀이 사자후에 가까운 괴성을 질렀다.

그날 이후 팀과 알렉스는 한 번씩 나를 '네오'라고 불렀다.

여러 영상 매체에서 이용한 짤막한 편집 영상들은 본 적이 있어도, 매트릭스라는 영화를 처음부터 끝까지 다 본 것은 그 별명을 얻은 후가 처음이었다.

매트릭스는 무려 십 년이 지난 영화인데도 괜찮았고, 액션뿐만 아니라 많은 철학적인 메시지가 들어 있던 점이 좋았다.

어느 날 MMA 마니아인 알렉스가 물었다.

"진욱, 정말 궁금한 건데 왜 진욱은 그런 실력을 가지고 있으면서 대중 앞에 나서지 않는 거죠? 제가 데이너를 잘 아는데. 그를 소개시켜 줄까요? 시간이 되면 저하고 같이 라스베이거스로 갑시다. 진욱이 돈에 관심 없는 것은 알지만 진욱이 가진 실력이 너무 아깝습니다."

"데이너?"

"데이너 화이트, UFC 오너 말입니다. 진욱은 MMA의 판도를 바꿔 놓을 거예요."

"고맙지만 사양하겠습니다. 전에도 말했지만 나는 그런 것에 아무런 관심이 없습니다."

이번에는 팀이 끼어들었다.

"알렉스, MMA라고? 농담이 지나쳐. 그런 작은 시장이 진욱과 어울릴 거라고 생각해? 진욱, 나하고 영화를 찍자. 진욱은 실력을 떠나서 외모도 무척 섹시하니까. 발음도 최근 부쩍 좋아지고 있잖아. 연기는 배우면 되고. 그럼 너도 금방 세계적인 스타가 될 거야. 확신해."

나는 전혀 동요하지 않는 얼굴로 둘을 번갈아 쳐다봤다. 그러자 둘은 자신들이 무엇을 실수했는지 금방 깨닫고는, 멋쩍은 미소를 지으며 말했다.

"미안, 진욱. 우리는 친구로서 진욱에게 도움이 되고 싶어서 그래. 혹시 생각이 바뀌면 언제든지 말만 해."

* * *

팀과 알렉스라고 해도, 당장 뉴욕 땅에서 연습장으로 쓸 만한 곳을 찾을 수는 없었던 모양이다. 그래서 그들이 연습장이라고 마련한 곳은 사업을 정리한 한 택배 회사의 여러 창고 중 한 곳이었다.

끼이익.

낡은 철문을 열었다.

퀴퀴한 냄새가 물씬 풍겨왔다.

제대로 된 것이라고는 새로 간 형광등과 팀이 어디선가 구해온 레슬링용 매트, 그리고 사다리와 철봉 같은 운동 기구가 다였다. 매트 위에서 팔굽혀펴기를 하고 있던 팀과 알렉스가 내가 온 것을 알아차리고는 동작을 멈췄다.

오늘로 훈련을 시작한 지 한 달 반이 지났다.

내게 다가온 둘은 머리가 산발하고 얼굴이 온통 멍투성이로, 팬들조차도 둘을 알아보지 못할 지경에 이르러 있었다. 온몸이 으스러질 정도로 고통스러울 텐데도 꾸준히 체력 훈련을 하고 있었던 둘이 기특했다.

"잘하고 있군요. 몸은 괜찮습니까?"

내가 물었다.

"아직까지는 견딜 만해."

영화배우면서도 얼굴을 아끼지 않는 둘의 열정은 나를 감동시켰다.

"알렉스는요?"

"마찬가지입니다."

둘이 내 앞에 섰다.

육체를 극한으로 몰아붙이는 그간의 체력 훈련 과정이 둘을 부랑배처럼 만들었다.

"그럼 계속하세요. 몸을 아끼지 말고. 나는 잠시 지켜보겠습니다."

그렇게 말하며 벽에 기댔다.

연습장 안에 또다시 남자의 땀 냄새가 피어오르기 시작했다. 둘은 죽을힘을 짜냈고 간간이 신음을 흘렸다.

근력 운동보다 우선시되는 것은 민첩성 강화 운동이다. 그들에게 매일같이 제자리 빨리 뛰기나 버피 테스트 같은 민첩성 강화 운동을 반복시켰다.

밥 먹는 시간을 제외한 모든 시간 동안 운동을 하도록 하였는데 아직까지 둘은 잘 버티고 있었다. 하루 종일 운동만 하는 것은 근육이 찢어지는 듯한 고통을 선사하는데도 말이다.

"큭."

한참 뒤, 사다리에서 운동을 하고 있던 팀이 고통을 호소하며 바닥에 쓰러졌다.

매일같이 있는 일이라 알렉스는 운동을 멈추지 않았다. 나는 팀에게 다가갔다.

"다리가……."

팀이 인상을 일그러트리며 말했다. 그리고는 평소 해왔던 대로 간신히 가부좌를 틀었다.

나는 그의 어깨에 손을 올렸다.

추궁과혈(推躬過穴).

약간의 내력을 그의 등 쪽에 포진한 혈에 흘려 넣으며, 동시에 혈을 자극하는 마사지를 했다. 그의 상태로 보건대 침을 쓸 정도는 아니었다.

고통이 사라졌는지 앞에서 팀이 말했다.

"진욱…… 계속 궁금했던 건데, 등을 마사지해주는데 왜 다리가 낫는 거지?"

"용케도 그동안 잘 참아냈군요."

"오케이, 묻지 않을게."

"아닙니다. 그동안 두 분께서 열심히 한 덕에 체력적으로 기초를 마련했습니다. 그래서 오늘부터는 다음 단계로 갑니다. 등을 자극하는데 다리가 낫는 이유는 혈 때문입니다."

"혈?"

"네, 오늘은 그것부터 시작할 겁니다. 알렉스도 이리로 오세요."

둘에게 잠시 휴식 시간을 줬다. 둘이 안정을 되찾을 동안 나는 가지고 온 뉴욕 타임즈를 읽었다.

현재 재학 중인 컬럼비아 대학의 사진이 내 눈길을 사로잡았다.

컬럼비아대 남학생 클럽 하우스와 기숙사 등지에서 마약 밀매를 하던 컬럼비아 대학생 다섯 명을 긴급 체포했다는 전문인데, 명문대학생들이 캠퍼스 안에서 마약을 밀매한 것이 적잖은 충격을 가져온 모양이었다. 더군다나 그들이 판매한 제품들은 마리화나, 코카인, 엑스터시 외에도 한 번 흡입할 때마다 티스푼 분량의 뇌세포가 죽는다고 알려진 강력 환각제 LSD도 포함되어 있었다. 담당 검사 브래넌은 '학생들의 대단한 불장난을 종용한 공급책들을 추가 적발하여 일망타진할 것이다.'라고 공표했다.

미국에서 마약은 큰 문제로 자리 잡고 있다.

월 스트리트에서 올라온 것으로 보이는 말쑥한 정장 차림의 남자들에게서도 마약의 흔적을 느낀 적이 한두 번이 아니었다.

"진욱?"

알렉스의 목소리가 들렸다. 나는 뉴욕 타임즈를 접어서 가방에 집어넣고 둘 앞에 다가가 앉았다. 그런 다음 노트를 꺼내 바닥에 내려놓았다.

"다 쉬었습니까?"

둘은 눈동자를 반짝거리는 것으로 대답을 대신했다.

"체력 훈련을 계속하되, 이다음부터는 이론과 무예 수련을 병행합니다. 그리고 마지막은 언제나처럼 저와의 무규칙 대련을 한 시간씩 합니다."

둘의 얼굴을 뒤덮은 시퍼런 멍 자국이 바로 무규칙 대련의 후유증이다.

"드디어 스텝 업!"

팀이 신이 나서 말했다.

혈마교 천서고에서 흑천마검의 비밀을 캐기 위해 많은 서적들을 뒤적였던 때, 천체일신공(天體一身功)이라고 하는 외공 계열의 비급을 본 적이 있다. 그것은 인간의 육체가 가진 잠재력을 끌어 올려, 일신 본연의 힘이 하늘까지 닿는 것을 목표로 하는 광오한 무공이었다.

그러나 내가 팀과 알렉스에게 전수하려는 것은, 몇 단계나 다운그레이드된 천체일신공이다.

인간의 잠재능력을 끌어 올리되, '힘'의 증진을 위한 수련을 철저히 배제하고 나니 신체 단련술과 비슷하게 변했다.

하지만 그것만으로도 모두 전수를 받게 된다면 신경의 전달 속도와 근수축의 발달이 일반인의 몇 배 이상으로 치솟아 오르게 될 것이다.

"다음 단계로 넘어가기 전에 저와 할 약속이 있습니다."

"무엇이든."

팀과 알렉스가 동시에 고개를 끄덕였다.

"오늘 이후로 두 분에게 가르쳐주는 무예는, 두 분 임의대로 어느 누구에게도 전수할 수 없습니다. 또한 이 무예를 촬영이나 선의에 어긋난 일에 쓰게 된다면……."

죽일 것이다.

망설임 없이.

가차 없이 죽일 것이다.

팀과 알렉스는 내 주위에 흐르는 분위기를 알아차렸다.

둘이 나를 쳐다보며 침을 삼켜 넘겼다. 꿀꺽하고 성대가 크게 울렸다.

그것을 시점으로 둘의 눈동자가 불안하게 흔들리기 시작했다.

팀과 알렉스의 시선이 온통 내 입술에 맺혔다.

내가 말하기 위해 입술을 떼자, 둘은 냉동고에 들어온 것처럼 몸을 부르르 떨었다.

둘은 지금 눈에 보이지 않는 뭔가가 온몸을 짓누를뿐더러, 정신까지 파고들어 뇌를 움켜쥔 듯한 느낌을 받고 있을 게다. 또한 지금 이 순간의 중압감은 그들에게 난생처음 겪는 일일 것이다.

"으으으…… 진욱……."

"크……."

팀과 알렉스의 눈에 두려움이 깃들었다.

그 눈을 똑바로 쳐다보며 말했다.

"약속을 어긴다면 나는 두 분을 찾아가 죽일 겁니다. 아시겠습니까?"

그러자 둘이 반사적으로 고개를 끄덕였다.

둘은 가만히 앉아 있는 것도 힘든지 이상한 신음 소리를 냈다.

"이것이 다가 아닙니다. 무예를 전수하기로 하였으니, 앞으로 나를 친구가 아닌 '스승님'이라고 부르고 예의를 갖춰야 합니다. 스승을 섬기는 동양의 예법에 대해서는 익히 들어 알고 있겠지요? 예의 말입니다. 공식 석상에서는 평소와 같이 대하시면 됩니다. 하지만 사적인 자리에서는 나를 진심을 다해 스승으로 섬기고 존경심을 가져야 할 것입니다."

이것은 둘에게 부여되는 힘이 악용되지 않도록 하는 최소한의 장치다.

"두 분의 사회적 위치를 모르는 게 아닙니다. 해서 생각할 시간을 하루 드리겠습니다. 내일 내가 이 자리에 왔을 때에는 결정을 내린 상태여야 합니다."

기운을 갈무리하며 자리에서 일어났다.

"잠깐."

팀이었다.

"시간은 필요 없어. 진욱, 너는 그 누구보다도 특별하고 불가사의해. 나는 언제든……"

"팀, 알렉스. 저와 사제의 연을 맺는다는 것은 두 분에게 구속이 될 수도 있습니다. 아니, 분명히 그렇게 됩니다. 또한 저 역시 두 분에게 이 특별한 무예를 전수하는 것은 큰 위험을 무릅쓰는 일이 됩니다. 그래서 사제의 연은 고귀하면서도 위험한 것입니다. 사제의 연을 맺게 된다면, 나는 두 분에게 특별한 가르침을 줄 것이고 두 분은 진심을 다해 저를 존경하고 예를 갖춰야 할 것입니다. 거짓된 존경심은 절대 용납할 수 없습니다. 스승으로서 그에 응당한 무거운 책임을 지게 만들 것입니다."

계속 말했다.

"그래서 내일까지 두 분이 깊게 상의하고 고민할 시간을 드리는 겁니다. 한번 맺어진 사제의 연은 인간의 힘으로 번복할 수 없다는 점을 말씀드리고 싶습니다. 그러니 신중에 신중을 기해 결단을 내리십시오. 물론 저 역시 오늘 한 말에 대해서 다시 한 번 고민의 시간을 가질 것입니다."

등을 돌리려는 찰나였다.

"진욱!"

등 뒤로 쏟아져 나오는 목소리가 발을 붙잡았다.

"정말이야! 내일까지 기다릴 것도 없어."

팀이 말했다.

"맞습니다! 그럴 것 없습니다. 우리는 진욱이 뭘 하려는지 알고 있으니까요."

"우리는 가라테 키드 세대라고!"

"나도 팀 못지않게 부르스 리를 존경합니다……."

"최근에 쿵푸 팬더도 봤어."

커다란 눈을 아이처럼 반짝여 말하는 둘을 보았다.

둘은 내 말은 들으려 하지도 않은 채 내 앞으로 달려와 기기묘묘한 자세로 포권을 취했다.

그리고는 말로 형용하기 힘들 만큼 알아보기 힘든 자세로 절이라 추측되는 것을 표했다.

"이렇게 하는 것이 맞습니까?"

"아니야. 그랜드 마스터에게는 9번 절해야 해. 포가 시푸에게 하던 걸 못 봤어?"

"그런가? 진욱, 어떻게 해야 하는 거지. 조금은 가르쳐줘. 우리는 너의 제자가 될 거야. 그건 생각할 것도 없어."

"맞습니다! 이건 멋지고 대단한 일입니다. 팀과 나는 언제고 이런 일이 벌어지기를 바라고 있었습니다. 동양은 신비로운 곳이니까."

"무슨 말이라도 해 봐, 진욱. 우리도 그간 생각 없이 있던 것이 아니야."

"이건 오리엔탈리즘만 가지고는 넘어갈 수 있는 문제가 아닙니다."

나는 입술을 뗐다.

"아니야, 진욱. 말했듯이 우리도 고민은 충분히 해왔어. 사실 그간 체력 훈련을 받아오면서 생각했다고. 진욱이 언제고 그것을 가르쳐줄 거라고 말이야."

"그렇습니다. 우리는 진욱이라면 진욱의 무사가 되어도 좋다 생각해왔습니다. 정말 멋진 일이 될 거고, 최고의 모험이 되겠지요. 그렇지만 즐기기 위해 진욱의 제자가 되겠다는 게 아닙니다. 아이들 장난이 아님을 압니다. 우리는 아서왕을 받든 원탁의 기사들처럼 진욱에게 충성할 준비가 언제고 되어 있습니다."

팀과 알렉스가 번갈아 말했다.

"두 분의 뜻은 알겠습니다. 하지만 지금껏 모르겠습니까? 두 분이 제 제자가 된다면 두 분은 영원히 내게서 벗어날 수가 없습니다. 여기에는 이 시대의 어떠한 법도 권력도 끼어들 수가 없습니다. 두 분은 아직 내가 무엇을 어디까지 할 수 있는지 모릅니다. 두 분이 겪고 본 것은 그날의 캠코더 영상이 다였지요. 오늘은 두 분의 대답, 듣지 않은 걸로 하겠습니다. 그러니 심사숙고해서 내일까지 결단을 내리십시오."

둘에게 전수할 천체일신공은 몇 단계나 다운그레이드된 것으로, 저쪽 세상에서는 그리 큰 영향을 미치지 못한다. 하지만 이 세상은 다르다.

그것은 이 세상에서 융화되기 힘든 특별한 힘이다. 때문에 그 힘은 무슨 일이 있어도 내 통제 아래 있어야만 한다.

인연을 맺는다는 것은 이렇듯이 언제나 서로에게 희생을 요구한다.

뒤에서 들려오는 둘의 목소리를 무시하고 밖으로 나갔다.

쾅!

녹슨 철문이 큰 소리를 내며 닫혔다.

* * *

이튿날 연습장에 도착했을 때, 철문 안에서 두 남자의 대화 소리가 들렸다.

"밤잠을 이루지 못했어. 많이 생각해 봤지. 생각하면 생각할수록 어제 진욱의 모습이 떠올랐어. 왜인 줄 알아? 어제 진욱이 약속을 지키지 않으면, 우리를 죽이겠다고 했잖아. 팀, 너도 느꼈을 거야. 진욱은 진심이었어. 솔직히 말해서 우리는 갑자기 그가 무서워져서 입도 열지 못했지. 그래서 밤에 많이 생각했어. 진욱은 이미 많은 살인을 해 봤을지도 모른다고. 그래서 사람을 죽이는 데 아무런 거리낌이 없을 거라고. 진욱도 그랬잖아. 이 시대의 어떠한 법도 권력도 끼어들 수가 없다고, 우리가 진욱이 무엇을 어디까지 할 수 있는지 모른다고. 그게 무슨 소리인지 알지? 우리가 그를 거스르게 된다면 그는 정말로 우리의 목을 꺾어 버릴 거야. 어둠 속에서 나타난 닌자처럼."

"닌자?"

"모르겠어, 팀? 진욱은 단순히 한국에서 유학 온 아이비리그의 학생이 아니야. 우리가 모르는 뭔가가 있어."

"하지만 어느 것 하나 걸리는 게 없었지. 한국에서 그는 흠 잡을 데 없는 모범생이었고 일성의 친구지. 그것이 다였어. 너도 존 크레이의 실력을 모르는 게 아닐 텐데?"

"존은 최고야. 하지만 그라도 어쩔 수 없는 게 있는 거야. 바로 진욱 같은 경우지."

"진욱은 신비로운 인물이니까……."

"맞아, 신비로운 만큼 그만한 힘도 갖췄을 거야. 너도 그랬지. 우리가 지금껏 본 진욱의 실력들은 빙산의 일각에 불과하다고, 그 말에 백번 동감해."

"진욱의 진정한 실력은 어디까지일까? 누가 추측이나 할 수 있을까. 흐흐. 누구도 우리의 이런 고민을 믿지 못할 거야. 그런데 뭐가 문제인 거야, 알렉스. 진욱이 네 목을 꺾어 버릴까 봐?"

"진욱은 초인이야. 나는 그렇게 느꼈어. 믿어져? 초인이 우리 앞에 있어. 그 사실 자체만으로도 나는 무서워. 차라리 UFO에 납치되는 게 덜 무섭겠지."

"맞아, 하지만 무서우면서도 극도로 흥분되지. 그 어떤 약보다도 더."

"진욱의 말대로야. 그의 제자가 된다는 건 우리에게 많은 제약을 가져올 거야. 팀, 너는 그의 패밀리가 되어 그에게 충성하고 어떠한 일도 마다하지 않을 자신이 있는 거야?"

"넌 아니야?"

"난……."

"알렉스, 이것은 현실이야. 우리는 스크린이 아니라 현실 속에서 정말로 동양의 초인과 마주하게 되었어. 그리고 그가 우리를 제자로 받아주겠대. 진욱이 진정 초인이라면…… 진욱이 얼마나 큰 위험을 무릅썼는지 모르겠어? 생각해 봐. 그 동안 우리가 이루고 축적해놓은 것들? 그 무엇이든 이 기회와 비교할 수 있을까?"

"난 단지 그 기회가 두렵다. 그 너머에 무엇이 있을지 알 수가 없으니까. 이건 흡사 매트릭스에서 빨간 약과 파란 약을 고르라는 것과 같아."

"이럴 거면 그만 돌아가, 알렉스. 그런 나약한 마음으로는 진욱의 패밀리가 될 수 없어. 아니, 넌 그럴 자격이 없어. 네 말대로 파란 약을 먹고 다음 스케줄이나 다시 잡아. 하지만 그럴 수가 없겠지. 넌 이미 결정을 내렸으니까."

"맞아, 네가 그렇게까지 말하지 않아도, 나도 이미 결정을 내린 상태야. 네 말대로 누가 그를 거부할 수 있지? 내가 이렇게 흔들리는 것도 진욱이 오기 전까지만이야. 진욱이 오면 나는 진욱의 제자가 될 거야. 그리고 그의 패밀리로서 규칙을 잊지 않겠어."

끼이익.

철문을 밀며 연습장 안으로 들어갔다.

팀과 알렉스가 대화를 중단하고 놀란 눈으로 나를 쳐다보고 있었다. 마치 도둑질을 하다가 들킨 아이처럼 크게 당황하는 기색이 역력했다.

그러나 둘은 금방 진지한 눈빛을 띠며 내게 다가왔다.

"우리는 네 제자가 될 거야, 진욱."

"진욱의 제자가 되겠습니다. 이 말씀을 드리고 싶습니다. 우리에게 진욱의 제자가 될 기회를 줘서 진심으로 감사합니다. 진욱에게 얼마나 힘든 결정이었을지 조금이나마 이해가 됩니다."

"두 분이 그렇게 결단을 내렸으니, 저도 더 이상은 숙고하라 말씀드리지 않겠습니다. 그럼 안으로 들어가서 정식으로 사제의 예를 갖추기로 하지요."

성격상 예식을 크게 하고 싶지는 않았다.

하지만 둘에게 소속감과 책임을 느끼게 하기 위해서는 제대로 된 예식이 필요했다.

그래서 둘을 밖으로 보내 몇 가지 물품들을 준비해오게 했다. 팀은 차이나타운에서 향로와 향, 제기, 그리고 문방사우를 사오고, 알렉스는 마침 인근에 소형 매장으로 뉴욕에 진입한 월마트가 있어서 그곳에서 과일과 소주를 사왔다.

나는 A1 크기의 커다란 화선지를 바닥에 펼쳐놓고 붓을 들었다. 붓이 부드럽게 미끄러져 나갔다.

팀과 알렉스는 신중한 눈으로 화선지에 그려지는 문양을 쳐다보기 시작했다. 나는 혈마교 문장을 그렸다. 혈마신의 얼굴을 형상화했다는 그것이 완성되자, 이 세상에서 처음으로 그 문장을 드러냈다는 생각에 기분이 묘해졌다.

나는 그것을 잘 보이는 곳에 걸어놓았다.

철문을 열자마자 정면으로 보이는, 원래는 사업을 정리한 회사의 사훈이 걸려 있던 자리였다.

"이 문양을 기억하십시오. 이것이 바로 앞으로 팀과 알렉스를 상징하게 될 겁니다."

"오! 신비로운 문장입니다."

알렉스가 말했다.

나는 고개를 끄덕인 뒤 혈마교 문장 아래 예단을 차렸다. 향로에 향을 꽂아놓으며 둘에게로 시선을 돌렸다. 둘은 단 한 장면도 놓칠 수 없다는 듯이 내 행동에 집중하고 있었다.

"지금부터 둘은 나를 대할 때 언제나 존경심을 가져야 합니다. 내 앞에서 말과 행동거지를 조심해야만 합니다. 올바르게 나아가도록 스승으로서 엄격한 훈육(strict discipline)을 하고 예의에 어긋나거나 그릇될 때는 체벌(physical punishment)을 하겠습니다. 아시겠습니까? 예의를 갖추십시오. 그 무엇보다 예의를 갖추지 않는 것은 용납할 수 없습니다."

"예, 마스터."

팀과 알렉스가 대답했다.

영어에는 존칭이 없지만 나를 공경하고 예의를 갖추는지는 어투와 눈빛을 보면 알 수 있다.

"모든 언행에 존경심을 담고, 내 앞에선 생각을 한 뒤에 말하고 행동을 하면 됩니다. 동서양을 막론하고 예의는 크게 다르지 않습니다."

나는 거기까지 말하고 둘을 더 가까이 불렀다.

"재주껏 피를 내서 이 잔에 떨어트리세요."

팀은 큭 소리를 내며 새끼손톱을 깨물었고 알렉스는 볼펜으로 손바닥 중앙을 찍어 핏방울을 냈다.

소주잔에 떨어진 핏방울이 마블링을 짓더니 이내 소주 전체로 퍼져 나갔다.

그것을 향로 앞에 놓고, 팀과 알렉스에게 손짓하여 그 앞에 무릎을 꿇게 시켰다. 나는 무릎 꿇은 둘 앞에 우뚝 선 다음 혈마교의 문장을 향해 몸을 돌렸다.

허공에 대고 영어로 말했다.

"오늘 미국 땅에서 팀과 알렉스를 제자로 거둬들입니다. 사제지간의 예를 맺었으니, 스승에게 예를 다하지 못한 자는 죽음으로 훈육하여 후대에 교훈이 되도록 하겠습니다."

짤막하게 내뱉고는 둘의 피가 담긴 소주를 반 모금 마셨다. 그 잔을 팀에게 먼저 건넸다. 그도 눈치껏 마신 다음 적정량을 남겨 알렉스에게 건넸다.

"이제 사부(Master)에게 아홉 번 절을 하면 돼?"

팀이 조심스럽게 물었다.

"아니, 너희가 내게 가진 존경심만큼 절을 하는 것이다. 그것이 우리의 예법이니까."

팀과 알렉스는 동요하지 않았다.

둘은 확고하게 마음을 먹은 것처럼 보였다. 특히 알렉스는 그가 말했던 대로 내가 일부러 '훈육, 체벌, 죽음'을 이야기해도 흔들리지 않았다.

팀과 알렉스가 내게 절을 하기 시작했다.

절하는 법을 배운 적이 없어 무척이나 어설픈 모습이었지만 둘은 그 어느 때보다 진지했다.

"절을 하면서 들어라. 너희에게 새로운 이름을 지어주겠다. 지금부터 팀은 검(劍)이고 알렉스는 권(拳)이다."

*   *   *

우주의 로고스인 태극 안에는 만물의 생성 원리인 오행과 생명의 또 다른 이름인 기(氣)가 존재한다. 우주의 무한한 기를 소우주의 한 그릇 안에 담는 것이 내공 수련이고, 태어나면서 소우주에 깃들어 있는 오행을 오롯이 하는 것이 외공 수련이다.

사실 무공 수련이 소우주의 정립으로 정신을 바르게 하여 우주의 로고스를 깨닫는 데에 의의가 있다는 점에서, 내공 수련과 외공 수련은 태극의 음과 양처럼 서로 떨어질 수 없는 불가분한 관계에 있다고 할 수 있다.

오행과 기를 모르고는 외공을 수련할 수 없고, 육신을 바르게 하지 않고는 내공을 수련할 수 없다.

그래서 외공을 수련하게 될 팀과 알렉스에게 제일 먼저 가르쳐야 할 것은 육신 단련법이 아니라 우주 만물의 탄생 이치인 '태극론'과 '이기론'이었다.

참고로 저쪽 세상의 모든 무공은 정사(正邪)를 막론하고 그것에 근본을 두고 있다.

 구태여 장황하게 설명하지 않았다.

 태극론과 이기론에 대해서는 시중에 좋은 책이 많이 나와 있었다. 저쪽 세상과 이쪽 세상이 어느 정도 유사한 점이 있다는 점이 이런 경우 참 편리했다.

 둘에게 영문으로 번역된 동양철학사를 소개하는 것으로, 기초 입문 과정을 대신했다.

 "기(氣)가 에너지입니까?"

 알렉스가 물었다.

 "아니다, 권. 에너지는 물리적인 의미에 많이 치우친다. 영문으로 번역하자면 모나드(monad)가 그나마 적합하다."

 "모나드라면 라이프니츠를 말하는 것입니까?"

 나는 고개를 끄덕였다.

 "라이프니츠? 총 이름이야? 라이플처럼?"

 팀이 그런 이름은 처음 듣는다는 듯이 끼어들었다.

 "오 마이 갓. 라이프니츠를 모르는 건 아니겠지."

 알렉스의 핀잔에 팀의 이맛살이 꿈틀거렸다.

 "독일의 근세 철학가. 그는 실체를 모나드로 설명하였지. 기본 교양인데 라이프니츠가 총 이름이라고 한 거야?"

 알렉스가 무표정한 얼굴로 말했다.

 "우주 만물을 이루는 생생하고 능동적인 힘이라는 데에서 모나드가 그나마 적합하다고 한 것이다. 하지만 모나드와 기는 또 엄연히 다르다. 그래서 기(Ki)는 곧 기다. 현존하는 어떤 영문으로도 기를 대신할 수 있는 것은 없다."

알렉스는 곧바로 진지한 얼굴이 되어서 내게로 시선을 돌렸다.

"……저는 기를 에너지라고 이해를 하였습니다. 사부가 기는 실재하는 것이라고 하였기 때문에, 모나드보다는 물리적인 힘의 원천인 에너지가 그나마 기에 적합하다고 생각했던 것입니다. 그런데 저는 기가 실재한다는 사부의 말이 쉽게 다가오지가 않습니다. 아무리 생각해도 기는 추상적인 관념이었습니다."

"조금 쉬운 말로 할 수 없어?"

팀이 알렉스에게 귓속말로 짜증을 냈다.

"이건 상식이야, 팀."

알렉스 또한 불쾌한 어투로 팀과 귓속말을 주고받았다.

나는 둘 사이에 심상치 않은 분위기가 형성되는 것을 무시하고 계속 말했다.

"권, 기는 추상적인 관념이 아니고 분명히 실재하는 것이다."

내가 말했다.

이것이 바로 이 세상과 저쪽 세상의 분계선이다.

저쪽 세상에서는 이 세상과는 달리 태극과 이기론이 단순히 이론에 그친 것이 아니라, 직접 실재함을 느낄 수 있는 수련법을 발견하였다.

이 세상에서도 사이비 단학이 아닌, 내공 수련법과 같이 진실로 기의 실제를 증명할 수 있는 방법을 찾아냈다면 세계의 역사는 완전히 달라졌을 것이다.

어쩌면 석유가 필요 없었을지도 모른다. 세기의 뛰어난 천재들이 기를 물리적인 에너지로 변환시키는 방법을 찾아내고, 우주 곳곳에 퍼진 기를 모으는 '기 발전소'를 개발해냈을지도 모른다. 그렇게 된다면 이 세상에는 자연 파괴도 석유를 차지하기 위한 전쟁도 없어졌을 것이다.

단순히 망상으로만 치부할 일이 아닌 것 같다는 생각이 들었다. 내가 가진 내공 심법을 세상에 공개하면, 지금 당장은 아니더라도 언젠가는 세기의 천재들이 기를 에너지원으로 사용하는 방법을 찾아낼 확률이 높다.

즉, 인류는 석유와 가스 같은 한정된 자원이 아니라, 절대 고갈되지 않는 무한한 에너지원을 소유하게 된다는 뜻이다.

내 생각이 실제로 이뤄지게 된다면…….

하지만 그것은 그리 긍정적일 것 같지는 않다.

무한한 에너지는 인류를 평화보다도 불행으로 치닫게 할 확률이 높다. 인간은 에너지에만 의존하게 되는 수동적인 동물로 퇴화하고, 언젠가는 자연에서 도태되고 말 것이다.

"하!"

그리 우습지만은 않은 망상이었어.

"사부?"

팀과 알렉스가 나를 쳐다보고 있었다. 나는 정신을 가다듬고 입을 열었다.

"기는 실재한다."

동시에 한 모금의 기운을 주변으로 흘려보냈다. 공력을 팀과 알렉스 주변으로 운집시켰다.

"이건……."

무색무취 무형의 기운을 느낀 둘은 눈을 크게 뜨고 입을 반쯤 벌렸다.

팀이 오른 손바닥으로 왼팔을 천천히 쓸어내리기 시작했다. 피부를 만지기 위한 행동은 아니었다. 알렉스는 움직임을 멈춘 채 좌우로 눈동자만 굴려댔다.

"검, 권, 지금 너희 둘이 느끼고 있는 것이 기다. 보이지는 않지만 분명히 존재하고 있지. 더불어 음양오행의 이치 또한 마찬가지다. 그것은 만물을 탄생시키지만 소우주인 우리의 몸에도 깃들어 있다."

팀의 얼굴을 손가락으로 가리켰다.

"그곳에 바로 화(火)가 있다."

팀이 정신을 차리며 나를 쳐다봤다.

"머리에 화가 있다. 가슴부에는 토(土)가 있다. 왼팔과 왼다리에는 금(金)이 있다. 오른 다리와 오른팔에는 목(木)이 있다. 하복부에는 수(水)가 있다. 사지와 몸통의 근육과 뼈를 극한으로 단련하여 오행을 고르게 합일시킬 수 있다면 우주의 로고스를 깨달아 소우주인 너희 육신에 잠재된 무한한 힘을 운용할 수 있게 될 것이다. 이것이 바로 내가 너희에게 전수할 무예이고, 그 이름은 '천체일신공(天體一身功)'이라고 한다."

제6장
작은
금속 마찰음

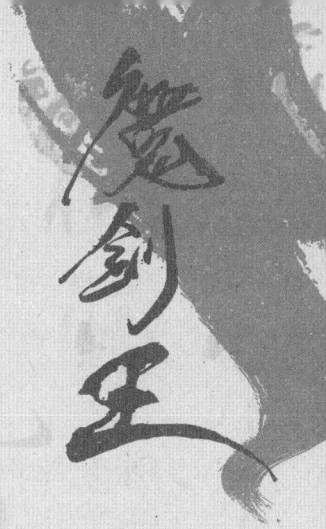

팀과 알렉스는 날이 지날수록 눈에 띄게 몸이 좋아지고 있었다. 나와 만나기 전에도 전문 헬스 트레이너에게 강습을 받고 있던 그들이었지만, 외공을 전수받은 이후로 그들은 금강석처럼 변해갔다.

헬스로 몸을 만든 이들과는 전혀 다른 분위기를 풍겼다. 이제 막 이라크 전장에서 돌아온 용병들이라고 해도 믿을 만큼 거칠고 강한 느낌이었다.

퍼억!

내 공격에 허리를 타격당한 알렉스가 튕겨져 날아갔다.

"나이스 액션!"

팀이 벽에 부딪혀 주섬주섬 일어나는 알렉스를 향해 엄지손가락을 치켜세웠다.

"이제 네 차례다, 권."

팀은 크게 심호흡을 한 뒤에 내 앞으로 다가왔다.

지난 세 달간 수련의 성과가 비로소 팀의 호흡을 통해 나타났다. 느릿하고 무거운 숨을 깊게 빨아들인 팀의 전신에서 투지가 끓어올랐다.

그의 허벅지, 대퇴사두근이 움찔하고 움직였다.

휘익.

그가 용수철처럼 몸을 튕기며 일직선으로 주먹을 내뻗었다.

내가 왼손으로 그의 주먹을 움켜쥐자, 팀은 오른 손날로 내 왼팔을 쳐냈다. 또 동시에 허공에서 크게 돌면서 떨어지는 무게를 이용하여 양 발꿈치로 내 어깨를 찍으려고 하는 것이었다.

나는 그의 발목을 붙잡은 뒤 바닥으로 내동댕이쳤다.

휘익!

팀은 바닥으로 떨어지는 순간에 손으로 바닥을 짚어 뛰어올라, 겨우 정자세를 취할 수 있었다. 상황 판단력과 근력, 그리고 반사 신경, 이 세 박자가 조화롭게 발전된 것이다.

그런데 어리둥절한 팀의 얼굴을 보니, 그 자신이 무엇을 어떻게 했는지 모르는 모양이었다.

알렉스도 그렇지만 팀도 오늘로부터 초입의 단계에 들어

섰다고 할 수 있었다.

 다섯 번씩 대련을 마친 둘은 기진맥진한 상태였다.
 땀방울이 둘의 턱 끝에서 쉴 새 없이 매트로 떨어져 내렸다.
 둘은 말조차 하기 힘든 듯 고통스러운 얼굴을 하면서도 가부좌 튼 자세를 무너트리지 않았다.
 둘 뒤에 우뚝 서서 나무 막대기로 둘의 등을 쿡쿡 찔렀다. 내력이 담긴 막대기에 혈 자리가 자극받을 때마다 둘의 입에서 커헉 하고 신음이 터져 나왔다.
 "호흡을 유지해!"
 내 목소리가 연습장 안에 쩌렁쩌렁 울렸다. 흐읍, 후우. 날숨과 들숨이 한 번 오갈 때마다 어깨로부터 팔과 허리로 이어져 내려오는 근육의 물결이 크게 출렁였다.
 "참아라. 지금 얻는 고통만큼 너희는 강해질 것이다."
 둘이 호흡을 되찾았을 때쯤 나는 둘의 호흡을 돕던 행동을 멈추었다.
 막대기에 공력을 주입했다. 나는 그동안 해왔던 것처럼 막대기를 내리쳤다.
 알렉스의 왼 어깨에 적중했다. 퍼억! 하고 큰 소리가 나지만 공력이 주입된 막대기는 결코 부러지지 않는다. 알렉스는 신음 소리 한 번 내지 않고 자세를 유지했다. 대신 막대기가 작렬했던 부위인 어깨 부위가 고통을 호소한다. 어깨 근육이 마치 살아 있는 하나의 생물처럼 팽창과 이완을 반복했다.

이번엔 팀의 차례였다.

엄지발가락에 공력을 집중하여 그의 허리를 찍다시피 걷어찼다.

물론 둘의 수련을 돕기 위한 것이니만큼 둘이 극한으로 견딜 수 있는 정도로 공력을 조절해왔다. 푸욱 하고 발끝이 그의 허리 깊숙이 들어가는 게 느껴졌다.

마치 장검에 찔리는 듯한 고통이 밀려왔을 텐데도 팀은 꿋꿋이 참아냈다.

팀과 알렉스는 의지가 높았다.

그만큼 성취도 빨랐다.

선생으로서 뿌듯했다. 욕심을 내서 이 둘을 저쪽 세상에서 '고수'라고 칭해질 만큼의 실력자로 만들어주고 싶다는 생각이 간혹 들기도 했으니 말이다.

지난 세 달간의 수련으로 둘이 얻은 능력만으로도, 둘은 이 세상에서 육체적인 면만큼은 최고라고 할 수 있었다. 내게는 한없이 배울 것이 산더미처럼 쌓인 햇병아리들이지만 이쪽 세상에서 둘은 분명 최고 수준이었다.

둘도 바보가 아닌 이상 그것을 눈치챈 지 오래였다.

그런 자신들을 만들어준 내게 진심으로 존경심을 가지는

모양인지 나를 대하는 것이 부쩍 공손해졌다. 뿐만 아니라 이 집단에 대해서도 상당한 자긍심을 가지고 있는 것 같았다.

수련이 끝났을 때, 팀이 물었다.

"사부에게 물어볼 게 있어."

나는 어깨를 으쓱해 보였다. 팀이 연습실 중앙에 걸린 혈마교 문장으로 시선을 돌렸다.

"저 상징에 관해서인데, 저 상징이 우리를 뜻하는 상징이라는 것도 알고 있어."

"문제가 생기지 않는다면 저 상징을 우리 몸에 문신으로 새기고 싶습니다. 허락을 부탁드립니다, 사부."

알렉스가 팀의 말을 받아 말했다.

이튿날.

둘의 뒷목에서 등으로 내려오는 중앙 부위에 반 뼘 정도 되는 크기의 혈마교 문장이 새겨져 있는 것을 발견할 수 있었다.

* * *

"OST?"

"내가 추천했어."

"장난하지 마."

"……."

"장, 장난이지? 팀 모리슨과 알렉스 산토르가 출현하는 영화의 메인 OST를 말이야?"

"먼저 네게 의향을 물어봤어야 했는데 미안하다."

"그, 그런 게 아니고……. 말이 안 되잖아. 아무리 오빠가 추천했다고 해도 그들이 왜 우리를?"

모니터 속의 바다는 한동안 말이 없었다.

"그동안 많이 연습해왔잖아, 이런 기회를 위해서."

"하지만 그런 대박작의 OST라니. 너무 갑작스러워서 무슨 말을 해야 할지 모르겠어."

"바다만 괜찮다면, 내일쯤 팀의 제작사에서 기획사로 연락이 갈 거야. 부담돼?"

"팀 모리슨과 알렉스 산토르의 영화라면 훌륭한 뮤지션들이 함께 하려고 할 텐데……."

"그렇지 않아도 OST에 참여하기로 한 많은 팀들이 있어. 4C는 그중에 한 팀이 될 거야. 막중한 책임감 대신 이런 기회를 즐기는 쪽으로 생각하는 게 어때?"

"하지만……."

"그럼 지금 당장에 결정을 내리려고 하기보다는 우선 기획사 식구들과 함께 상의해 봐. 팀과 알렉스에게는 그렇게 말해놓을 테니까."

"아, 아니야. 이건 나 혼자만의 기회가 아니니까, 또 오빠가 잡아준 기회니까. 오케이해도 될까? 정말 그래도 돼? 정말로?"

평소의 바다답지 않은 모습에 나는 속으로 미소를 지었다.

"부담 갖지 마. 그리고 이번 기회로 미국에 오면 우리 만날 수도 있잖아."

그제야 바다가 활짝 웃었다.

"그런데 무슨 영화야?"

"데스퍼럿 스트러글(Desperate struggle)이라는 액션 영화인데, 팀과 알렉스가 공동으로 출자해서 곧 제작에 들어가는 것 같아. 지금껏 번 돈들을 모두 쏟아부을 만큼 자신들 있어 하고 있으니까, 흥행에서도 꽤 좋은 성적을 낼 거야. 내가 보기에도 그렇고."

"직접 둘이 제작을 해?"

"그만큼 자신 있다는 거겠지. 감독을 비롯한 영화 스태프도 모두 고용해놨고."

"그래? ……아아, 떨린다. 사실 정신이 하나도 없어. 그래도 오빠 말대로 잘 돼서 미국에 갈 수 있으면 좋겠다. 영아도 같이 갈 수 있으면 좋을 텐데."

"영아? 곧 방학 시즌이니까 한번 알아볼게. 그럼 이만 컴퓨터 끄고 자. 너무 늦었다. 거기 새벽 두 시쯤 되지 않았어? 내일도 스케줄 많잖아."

"뭐 어때. 하루쯤은 날 새도 괜찮아. 지금 같은 기분으론 잘 수도 없을 것 같아, 헤헷."

"미안한데 해야 할 과제가 있어서 그래. 어서 자, 내일 쓰러지지 말고."

"그래? 진작 그렇게 얘기하지. 알았어. 그런데 말이야, 역시 사람은 한 번쯤 떨어져 봐야 소중함을 아는 것 같아. 오빠가 나름 다정해지고 있는 거 알아?"

"어서 주무세요."

"치! 내일 봐요. 후와! 너무 떨린다."

점심을 먹은 뒤 ALP 수업의 과제를 끝냈다.

여느 날처럼 연습장으로 가서 팀과 알렉스를 지도하고 OST에 대한 얘기도 마쳤다.

알렉스가 미드타운에 있는 자신의 펜트하우스에서 술을 같이 하자고 하였지만, 거절하고 할렘으로 돌아왔다.

저녁 바람이 부쩍 싸늘해졌다.

눈이 내려도 전혀 이상하지 않을 기온이었고 행인들의 외투도 며칠 사이에 단단히 여며져 있었다. 엊그제 한국에서 부모님이 보내주신 하얀색 카디건을 추스르며 내공으로 몸을 데웠다.

날씨가 추우면 국물 생각이 난다. 비록 인스턴트지만 우동을 떠올리며 식료품 상점으로 향했다. 그러던 중 한 골목 어귀에서 한 부랑자가 나를 불러세웠다. 그는 낡고 헤진 종이상자에 'Help Me'라고 써놓고는 내게 상자를 가리켜 보였다.

처음에는 이들에게 적선을 한 적이 있었다.

그러나 내가 적선을 했던 부랑자가 으슥한 장소에서 마약 거래를 하고 있던 것을 보고서, 내가 적선한 돈이 음식이 아니라 마약을 구입하는 데 사용된다는 것을 깨달았다.

내 앞에 있는 부랑자도 마찬가지일 거라고 느꼈다.

생기를 잃은 흐릿한 눈동자를 보니 벌써부터 마약을 갈구하고 있는 것이 느껴졌다.

이처럼 마약 중독자가 거리에서 배회하는 가장 큰 이유는, 한국과는 달리 마약을 쉽게 구할 수 있기 때문이다. 이를테면 건너 신호등 앞에서 모자를 눌러쓴 채 휠체어에 앉아 신문을 팔고 있는 중년의 흑인만 봐도 그렇다. 그에게 다가가서 벤저민(100달러를 가리키는 속어)을 건네면 하얀색 가루가 든 비닐을 신문에 싸서 내 주머니에 넣어줄 것이다.

더 큰 문제는 뉴욕 경찰들이 이를 알면서도 특별한 제재를 가하고 있지 않다는 점이다. 서로 유착 관계에 있거나, 아니면 하급 공급책은 잡아도 소용없다고 느끼고 있기 때문이라, 나는 다른 사람들처럼 부랑자를 무시하고 지나쳤다.

작은 상점은 저녁 시간이니만큼 손님이 많았다.

물건을 고른 손님들은 NBA 경기가 방송 중인 텔레비전을 보면서 차분하게 줄을 서고 있었다.

나 역시 인스턴트 우동을 집어서 계산대에서부터 만들어진 줄 맨끝에 섰다.

쾅.

큰 몸을 실룩거리면서 한 흑인 여성이 안으로 들어왔다. 조용히 문을 닫지 않은 여성의 행동에 사람들이 눈살을 찌푸렸다.

흑인 여성은 모두를 향해 불쾌한 표정을 지어 보인 뒤 눈에 띄게 행동했다.

일부러 큰 소리를 내며 걷고, 전화기에 대고 모두에게 들으라는 식으로 "여기에도 짜증 나는 자식들이 많네."라며 말하기도 했다.

그녀가 하마 같은 엉덩이를 실룩거리면서 내 앞을 지나쳤다. 그때 앞에서 소리가 들렸다.

"줄 서 있는 거 안 보여요? 차례를 지키셔야죠."

"나는 한 개만 계산할 거야."

"그래도 그러시는 건 안 되죠. 다른 분들처럼 뒤로 가서 순서를 기다리세요."

"아, 씹. 한 개만 계산할 거라니까."

백인 남성과 새치기하려던 흑인 여성이 시비가 붙었다.

"뒤로 가세요."

줄을 서 있던 사람들이 흑인 여성을 질책했다. 나 또한 그녀의 안하무인격인 행동이 마음에 들지 않았다.

"한 개만 계산한다고 몇 번을 말해야 돼? 당신들 때문에 내 시간이 낭비되고 있는 거 안 보여?"

"어이가 없네요. 생각이 있으면 이렇게 못하시죠."

백인 남성이 짜증 가득한 얼굴로 말했다. 흑인 여성이 주먹만 한 코를 벌렁거리면서 남자를 매섭게 노려보았다.

"어이?"

"그래, 모두 다 순서를 지키고 있는데 당신만 이러고 있잖아. 엉덩이를 발로 차주기 전에 뒤로 꺼져."

남자는 더는 참을 수 없다는 듯이 말했다.

"엉덩이를 뭐?"

"네 그 큰 엉덩이를 발로 차주기 전에 꺼지라고!"

"이 미친 흰둥이 새끼가!"

"나는 큐 클럭스 클랜(K.K.K.)도 인종차별주의자도 아니지만 너같이 더럽고 냄새나는 돼지는 발로 차주고 싶어져!"

"차 봐, 어디 차 봐!"

흑인 여성이 커다란 엉덩이를 남자에게 들이밀며 말했다.

백인 남성이 우리에게 어처구니없다는 제스처를 취해 보였고, 내 앞에서 줄을 서 있던 한 흑인 청년이 줄에서 빠져나와 그녀를 손가락질했다.

"그만 시끄럽게 하고 뒤로 가지그래?"

"너나 그 입 닥쳐! 백 돼지의 노예가 되고 싶은 모양이지?"

"뭐? 너 미친 거 아냐! 한 번만 더 나불대 봐. 모욕죄로 고소하겠어! 알겠어?"

사람들이 웅성거렸다.

상점 점원도 바코드 스캐너를 내려놓고선 여자에게 경찰을 부르기 전에 나가달라고 말했다.

그러자 여자는 폭발 일보 직전의 상태가 되어서 고래고래 소리를 질렀다.

"너희는 다 멍청이들이야! 머리에 똥만 찼다고! 개자식들! 누가 엉덩이를 차이는지 한 번 보자고."

뚱뚱한 흑인 여성은 들어왔을 때와 같이 문을 부술 듯이 닫고는 나가 버렸다.

그 여자의 무례한 행동에 사람들은 황당해했다.

나 또한 마찬가지였다.

하지만 우리는 그녀를 잊고 곧 정상적인 상태로 돌아왔다.

잠시 후.

흑인 여성과 시비가 붙었던 남자가 거스름돈을 받고 있을 때였다.

커다란 그림자가 상점 안으로 들어왔다. 상점 입구를 가릴 만큼 커다란 덩치를 가진 민머리 흑인이 위협적인 분위기를 풍기며 서 있었다. 그리고 그의 뒤에서 조금 전에 나갔던 흑인 여성이 의기양양하게 나타났다.

"자기, 이 자식이야. 날 욕한 새끼가 바로 이 자식이야."

흑인 여성이 두꺼운 손가락으로 백인 남성을 가리켰다.

"너야?"

민머리 흑인이 느릿하게 걸어왔다. 그는 백인 남성보다 머리가 하나는 더 있었을뿐더러, 무게도 두 배는 더 나가 보였다. 그가 나타난 순간부터 누구도 입을 열지 않았다. 민머리 흑인의 목에 새겨진 문신이 큼지막하게 실룩거렸다.

"흰둥이 새끼야, 조금 전처럼 나불대 보시지? 그 사이에 벙어리가 됐어?"

여자가 대놓고 백인 남자를 조롱했다. 동시에 민머리 흑인이 점원을 가리켜 "전화기에 손만 대 봐. 너부터 죽여줄 테니까."라고 위압적으로 말했다.

"그게…… 오해가 있었습니다."

백인 남성이 말했다. 남자는 잔뜩 기가 죽어서 민머리 흑인의 눈치를 살피기에 급급했다. 그럴수록 흑인 여성은 눈에 불을 켜면서 달려들었다.

"오해? 조금 전까지만 해도 내 엉덩이를 차주겠다면서? 넌 오늘 죽었어, 개자식아."

"넌 좀 빠져 있어."

민머리 흑인이 흑인 여성을 뒤로 밀어냈다. 흑인 여성은 그러게 감히 누굴 건드려? 라는 눈빛으로 흘긴 뒤 상점 입구에 팔짱을 끼고 섰다.

민머리 흑인이 백인 남자에게 성큼성큼 다가갔다.

"오, 오해가 있었다고 말씀드리지 않았습니까. 문, 문제를 만들고 싶지 않습니다."

백인 남자가 한 걸음 뒤로 물러나며 손을 펼쳐 보였다.

"문제는 벌써 만들었잖아."

퍼억!

민머리 흑인이 멧돼지가 사람을 공격하듯 주먹을 휘둘렀고 남자는 그 주먹에 맞아 옆으로 쓰러졌다.

줄을 서 있던 사람들은 아무도 말리려 하지 않고 뒤로 슬금슬금 거리를 벌렸다. 사람들이 선뜻 나서기에는 민머리 흑인은 너무도 험상궂은 외모의 소유자였다.

나는 바닥에 쓰러진 백인 남자를 쳐다보았다. 잔뜩 터져 버린 입술 사이로 뻘건 핏물이 줄줄 흐르고 있었다.

"경…… 경찰 불러요."

백인 남자가 말했다.

"거기, 너 손 하나 까닥하기만 해 봐. 다른 새끼들도 마찬가지야. 걸리면 죽여 버릴 테니까 닥치고들 있어."

민머리 흑인이 점원을 비롯한 모두에게 강력한 어조로 경고했다. 그리고는 쓰러져 있는 백인 남자에게 발길질을 하는 것이었다. 워커를 신은 민머리 흑인의 발이 남자의 복부로 향했다.

큰일 나겠어.

바로 앞으로 튀어 나갔다.

민머리 흑인의 옷깃을 잡고 뒤로 잡아당겼다.

그러자 민머리 흑인은 쿵 하고 거대 석탑이 무너지는 소리를 내면서 뒤로 나자빠졌다.

"너…… 너 이 새끼, 미쳤어?"

그가 나를 올려다보며 말했다.

나는 그가 일어나자마자 팔을 꺾었다.

"컥! 동양인, 난 네놈 얼굴을 봤어. 지금이라도 도망치는 게 좋을 거야."

민머리 흑인은 내게 제압당한 상태에서도 의기양양했다. 그가 힘을 쓰면서 내게서 벗어나려고 할 때마다, 나는 그의 등 뒤에서 손목을 꺾어 더 움직이지 못하게 하였다.

"당장 그 손 못 놔? 아주 죽으려고 환장했어? 우리 자기가 누군지 모르지? 그러니까 그런 멍청한 짓을 하고 있는 거지?"

비만 센터에 가서 치료를 받아야 할 흑인 여성이 소리를 질러댔다.

"괜찮습니까?"

흑인 커플을 무시하고 백인 남성에게 물었다.

"이가 나간 것 같습니다."

백인 남성이 한 여자가 건네준 손수건으로 입 주변을 닦으며 말했다. 손수건은 금세 무늬도 알아볼 수 없을 만큼 피로 흠뻑 젖었다.

뉴욕 경찰이 한국과 달리 신속하게 출동했다.

정복 차림의 경찰관 둘이 들어오자 사람들은 구세주를 만난 것처럼 흑인 커플을 가리키며 구속을 요구했다. 점원을 통해 상황 설명을 들은 경찰관이 민머리 흑인의 손목에 수갑을 채웠다. 그 와중에도 민머리 흑인은 내 얼굴을 기억하고야 말겠다는 집념 어린 눈으로 나를 주시했다.

나는 경찰에게 서로 동행해 달라는 부탁 같은 명령을 받았다. 백인 남자는 피해자로, 나와 점원은 증인이 되어서 경찰서까지 동행하였다.

"당신, 대단해요. 그 거구를 간단하게 제압하다니요. 군인입니까?"

백인 남자가 경찰차 안에서 물었다. 이제 막 성인이 된 듯한 점원도 푸른 눈을 반짝이며 나를 쳐다보고 있었다.

"많이 다치신 것 같은데, 병원에 가 봐야 하지 않습니까?"

나는 그것으로 대답을 대신했다.

"조서를 꾸민 후에 갈 생각입니다. 저 때문에 저녁도 못 드시게 됐는데요."

우리는 웨스트 134번가 인근에 있는 웨스트 할렘 23경찰서에서 함께 진술을 마쳤다. 한국에서라면 보통 이런 폭력 사건에 휘말리게 되면 아무리 선한 의도라고 해도 개입한 이상 쌍방과실로 처리되기 쉽다.

하지만 뉴욕주의 사법체계가 정당방위 면에서는 상당히 관대했기 때문에 나는 명백히 피해자, 혹은 증인이었다.

변호사를 고용한 백인 남성과는 달리, 변호사를 고용하지 않고 상황 진술을 마쳤다.

민머리 흑인은 경찰서에서 들어오는 순간부터 구치소에 수감되어서 진술이 끝날 때까지 그와 마주칠 일이 없었다. 나는 오늘 있었던 일에 대해선 언제든지 증인으로 서겠다고 말한 뒤에, 남자와 연락처를 교환한 뒤 경찰서에서 나왔다.

생필품과 먹을거리를 샀다.

인스턴트식품이 건강에 좋지 않은 것은 알지만 추운 날에는 그만한 것도 없었다.

* * *

흑천마검이 인간형의 모습으로 나를 쳐다보고 있었다. 그가 인스턴트 우동 국물을 들이켜는 나를 향해, 그렇게 맛있냐? 하는 표정을 짓는 것과 동시에 쩝 하고 입맛을 다셨다.

"여기서 문제를 일으켜선 곤란해."

내가 말했다.

—그래도 배가 고픈 건 사실이니까.

"그럼 먹어 볼래?"

—이 몸은 너희 인간들과는 다르다. 그런 천박한 것을 들이대지 마.

"너는 무엇을 먹을 수 있지? 나는 네가 굶주려서 미쳐서 날뛰는 것은 원치 않아."

—재미있는 녀석이군. 정 내 배를 채워주고 싶다면 네가

할 수 있는 일이 있긴 있지.

"듣고 있다."

―이 세상의 인간들은 많은 억압을 받고 있더군. 이쪽 세상의 인간 지도자들이 의도한 것이겠지만, 그 때문에 지배받는 인간들은 본성을 억누르고만 있지. 억눌리고 억눌리고, 그렇게 평생을 억압받으면서 본성을 분출시키지 못하고 죽는 경우도 많고.

"네가 말하는 인간의 본성이 무엇인지부터 명확히 해야겠는데?"

―인간은 악한 동물이다, 애송이. 인간들은 동족을 부수고 그 피를 봐야만 하는 본성을 가지고 있다. 하지만 이 세상은 그것이 너무도 통제되어 있어. 너희가 말하는 법 때문이겠지. 대개 그러한 본성을 해소하고 있는 이들은 너희 인간들의 지도자들뿐이야. 크크크, 어리석은 것들.

흑천마검은 뾰족한 송곳니를 드러내며 기이하게 웃었다. 나는 고개를 설레설레 저었다.

"어쩌면 너는 신에 가까운 존재일지도 모르지. 그런 네게 인간이 악한 동물이라는 소리를 들으니까 기분이 묘해. 네가 정말 신에 가까워서 만물을 관조하는 입장에 있다면 그 말이 사실이 될 테니까. 하지만 나는 정확한 네 정체를 모른다. 그러니 인간의 본성에 대한 문제는 논하고 싶지 않은 게 솔직한 마음이다. 어쨌든 네 말이 맞다 치고 그 문제가 네 허기를 채우는 데 무슨 관계가 있지?"

—대개 그러한 본성을 해소하는 것들은 너희 인간들의 지도자들이다. 하지만 다른 경우도 있지. 인간에게서 평생을 억압받던 본성이 표출되는 순간, 그럭저럭 내 허기를 채울 수 있는 기가 나오지. 지금 애송이 네가 먹고 있는 것처럼. 별미랄까?

"범죄자들을 말하는 것이냐?"

—상한 음식 따윈 네놈이나 먹어, 애송이. 억눌린 본성이 표출되는 순간이라고 하였지? 인간 세상에 적응하지 못하고 범죄나 저지르는 것들은 정신이 약해. 그런 하찮은 것들이 내게 별미가 될 수 있을 거라 생각해?

"그럼?"

—본성이 표출되고 있는지도 모르는 상태. 그리고 한둘이 아닌 많은 기운이 응집된 곳. 바로 거기서 나는 그럭저럭 허기를 채우고, 네놈은 내게 잡아먹힐까 봐 안절부절못하지 않아도 되지. 크크크, 크크크크.

흑천마검의 소름 끼치는 웃음소리가 방 안에 맴돌기 시작했다.

그가 배가 고파서 날뛰면 어떤 일이 일어나는지 잘 아는 나로서는, 이 문제에 대해서 심각하게 고려해야겠다고 느꼈다. 나는 내색하지 않고 다 먹은 인스턴트 우동 그릇을 들고 부엌으로 향했다. 등 뒤로 그의 목소리가 들렸다.

─어딘지 알겠지?

남은 국물을 싱크대에 버리고 쓰레기는 쓰레기통에 넣었다. 거실로 돌아오며 말했다.

"전쟁터겠지. 네 말대로라면 그런 욕구를 해소시킬 만한 곳은 전장이 제격이지 않나."

─이 세상의 전장은 저쪽 세상의 전장과 질이 달라. 이 세상의 전장은 지도자의 욕심과 억눌린 광기가 만들어낸 환상적인 식당이지.

나는 한숨을 푹 내쉬었다.

"너는 정말 악(惡)인가 보군. 그런 지옥을 환상적인 식당이라고 하다니."

─인간은 전쟁으로 문명을 유지하고 있다. 특히 이쪽 세상의 너희는 수많은 전쟁의 대가로 안락한 삶을 살고 있지 않아? 너희야말로 악의 화신이지, 크크크. 애송이, 내게 잡아먹힐까 봐 두렵거든 지금이라도 이라크로 가는 게 좋아. 파키스탄이나 아프가니스탄도 괜찮단 말이지, 크크.

나는 호오 하고 감탄사를 뿜었다.

"적응이 빠른데. 하지만 네 배를 채우기 위해서 그곳에 갈 마음은 없다. 사천대지진에서 흑룡을 잡았던 것 같은 일이라면 얼마든지 협조하겠지만 말이야. 그런데 이라크니 파키스탄이니 하는 것은 어떻게 알았지?"

흑천마검은 너 바보 아냐? 하는 눈빛과 함께 긴 손톱으로 텔레비전을 가리켰다.

"그렇다면 칠레에서 있었던 대지진도 알고 있을 텐데? 그곳에선 사천대지진과 같았던 먹잇감이 있지 않았나?"

―인간 세상에서 일어나는 모든 천재지변이 영물들 때문이라면, 나는 무척 즐겁겠지. 반면에 네놈에겐 불행이야. 많은 먹잇감들이 있는데 구태여 네놈을 아껴둘 필요는 없을 테니까.

"나는 최후의 만찬 아니었나?"

나도 모르게 씁쓸한 미소를 지었다.

―주제를 잘 아는군, 크크크.

핸드폰이 울렸다.

―이 시간에 연락할 인간들이라곤…… 네 부하들뿐이겠군.

흑천마검의 말대로 연락을 한 사람은 팀이었다. 시계를 보니 벌써 11시를 넘어가고 있었다.

평소보다 이른 시간이긴 했지만 오늘 있었던 수련 강도를 생각해 보면 팀이 일찍 잠자리에 들 만했다.

몸을 가누기도 힘들 테니까.

"스승님, 안녕히 주무십시오."

팀이 한국어로 말했다.

잠자리 들기 전 안부 전화만큼은 한국어로 예의를 갖춰서 하라는 내 명령 때문이었다. 요즘 알렉스와 함께 한국어 강사에게서 한국어 공부를 따로 하고 있다더니, 발음이 부쩍 좋아졌다는 것을 느낄 수 있었다.

                    *   *   *

 번쩍.
 눈이 뜨였다. 현관에서 들려오는 작은 금속 마찰음 때문만은 아니었다.
 불온한 마음을 품은 것이 분명한 정체불명의 네 사람이 집 문 앞에 있었다. 나쁜 마음을 품은 것이 아니고서야 모두가 잠든 깊은 밤에 타인의 가택에 침입하진 않을 것이다.
 밖에 나와서 보니 현관문 손잡이가 덜컥거리고 있었다.
 도둑이다.
 한편으로 집을 잘못 고른 그들이 안쓰럽게 느껴지기도 했다.
 나는 거실 벽에 등지고 서서 문이 열리길 기다렸다. 잠시 후 문이 소리 없이 열렸다.
 제일 먼저 들어온 남자는 검은 복면을 쓰고 있었다.
 들어온 남자는 강도나 도둑이 아니었다. 오늘 저녁에 상점에서 물의를 일으켰던 그자였다. 그자는 얼굴을 복면으로 가린다고 해서 몰라볼 정도로 평범한 체격이 아니었다.
 거실은 불빛 하나 들어오지 않는 칠흑 그 자체였다.
 그래서 안력이 발달한 나와는 달리, 그는 거실에 서 있는 나를 알아차리지 못했다. 나머지 녀석들이 전부 현관 안으로 들어오길 잠자코 기다렸다. 제일 마지막에 들어왔던 녀석이 조용히 현관문을 닫고 문을 잠갔다.

녀석들은 저마다 하나씩 무기를 들고 있었다. 민머리 흑인 같은 경우엔 야구 방망이를, 다른 녀석들은 하키 채와 멍키 스패너, 그리고 정체불명의 쇠 파이프를 움켜쥐고 있었다.

형광등 버튼을 눌렀다.

틱.

형광등을 켜는 버튼을 누르는 소리가 유난히 크게 들렸다. 거실이 대번에 환해졌다.

형광등 밝은 조명 아래로 녀석들의 모습이 드러났다.

갑자기 밝은 빛에 시력을 잃은 놈들은 눈을 가리며 얼굴을 잔뜩 찌푸리고 있었다. 복면도 무기도 복장도 체격도, 모두 제각각이다. 검은 가죽 재킷을 입은 녀석, 운동복에 외투 하나만 걸친 녀석.

그리고…….

"푸하핫!"

복면 대신에 유명 애니메이션 캐릭터인 호머 심슨 마스크를 쓴 녀석이 있었다. 그 우스꽝스러운 모습에 박장대소가 터져 나왔다.

"씹, 저 새끼 미친 거 아냐?"

"우릴 기다리고 있었어? 911을 믿고 있는 것 같은데…….

벌써 신고해놓은 거 아냐?"

"그건 저 개자식을 혼내준 뒤에 생각하자고."

복면을 쓴 민머리 흑인이었다. 놈은 조금도 망설이지 않고 내게 달려와 야구 방망이를 휘둘렀다.

내가 허리를 뒤로 젖히자, 그 위로 야구 방망이가 스치고 지나가 애꿎은 텔레비전을 때렸다. 큰 소리를 내며 부서지는 텔레비전을 보며 나는 아차! 하는 생각이 들었다.

나는 민머리 흑인의 복부에 주먹을 먹였다. 컥 하는 소리와 함께 그가 상체를 구부렸고, 시선에 훤히 들어온 그 넓은 등짝에 왼손으로 일장(一掌)을 먹였다.

파앙!

공기가 찢어지는 듯한 소리와 함께 놈이 앞으로 넘어졌다. 그리고는 움직이지 않았다.

"걱정 마. 911에 신고하진 않았으니까."

녀석들에게 그렇게 말해주고는, 발로 민머리 흑인의 몸을 돌려 놈의 상태를 확인했다. 내가 민머리 흑인의 복면을 벗길 때까지도 나머지 세 녀석들은 우두커니 서 있었다.

복면을 벗겼다.

그 얼굴이 맞았다.

"괜히 덤볐다 다치지 말고 무릎들 꿇어."

내가 말했다.

그 말이 도화선이 되어 녀석들을 폭발시켰다. 세 녀석이 동시에 성큼성큼 걸어왔다.

녀석들의 무기가 시선에 들어왔다.

커다란 하키 채와 멍키스패너 그리고 길쭉한 쇠 파이프. 모두 단단한 것들로 집 안 살림을 부수기에 충분했다.

텔레비전과 같이 집 안 살림이 피해를 입기 전에 놈들을 제압하는 게 옳았다.

탓!

오른발로 바닥을 디뎠다. 나는 곧장 제일 앞에 있던 가죽 재킷 녀석의 품 안으로 날아갔다.

퍼억!

오른 손바닥으로 녀석의 턱을 쳐올린 다음, 왼 주먹을 그 옆에 있던 녀석의 허리에 꽂아넣었다. 마지막으로 한 걸음 들어가면서 뒤쪽에 서 있던 녀석의 목을 움켜쥐었다. 커컥거리는 녀석의 신음을 무시하고 놈의 경동맥을 압박했다. 녀석의 얼굴이 최면에 걸린 환자처럼 뒤로 꺾였다.

일 초도 안 되는 순간이었다.

모두 정신을 잃고 쓰러졌다.

녀석들이 본 것이라곤 아무것도 없었을 것이다. 정신을 차리고 난 뒤에도, 본 것이 없으니 어떻게 자신들이 정신을 잃었는지 기억하지 못할 것이다.

그나마 민머리 흑인은 다른 세 녀석들에게 자신이 어떻게 당했는지 듣게 될 테지만.

"보복을 하러 온 거였군. 내가 여기에 사는 걸 어떻게 안 거지?"

네 남자가 비좁은 거실에 아무렇게나 쓰러져 있는 꼴을 보니 가슴이 답답해졌다.

화보다도 귀찮음이 앞섰다.

하지만 녀석들이 우리 집 주소를 알고 보복하러 온 것은 대수롭지 않게 넘길 문제가 아니라는 판단이 섰다. 나는 우선 녀석들이 들고 온 무기를 한쪽에 치웠다. 그리고는 혈도를 누르기보다는 서랍에서 청테이프와 노끈을 꺼냈다. 그것들을 거실 선반에 준비해놓은 후에 부엌에서 의자 두 개를 가져왔다.

부서진 텔레비전 파편들을 보며 뒷머리를 긁적였다. 텔레비전 값이야 이 녀석들에게 받으면 되겠지만, 괜한 녀석들 때문에 한밤중에 집 안 청소를 하고 있는 상황이 무척 불쾌했다. 어쨌든 파편에 발바닥을 찔릴 수 있어 걸레질까지 마쳤다.

두 녀석은 의자에 하나씩 묶고 나머지 두 녀석은 서로의 팔과 다리를 교차시켜 결박했다.

커다란 체격들답게 무게도 상당하다.

모든 작업을 마친 다음, 놈들의 복면을 벗겼다.

모두 흑인이었고 나이는 이십 대 중반부터 삼십 대 초반까지, 갈피를 잡을 수 없었다.

222

"너희는 어디 사는 누구냐."

민머리 흑인부터 살폈다.

놈의 뒷주머니에서 지갑이 나왔다.

나 같으면 범죄를 저지르러 갈 때에는 지갑 같은 것은 놓고 가겠지만, 놈들은 마실 나오는 정도로 간단하게 생각했던 모양이다. 그렇지 않고서야 사회보장카드(Social Security Card)가 든 지갑을 가지고 왔을 리가 없다.

이름은 바비 그린, 녀석의 9자리 사회보장번호는 392—84—1199였고, 녀석이 사는 곳은 253 West 125 Street (Corner of Apollo Theater)로 우리 집과 몇 블록 차이 나지 않는 가까운 곳에 위치하고 있었다.

이번엔 호머 심슨 마스크를 썼던 각진 형의 얼굴을 가진 흑인 차례였다.

녀석의 지갑을 찾기 위해 몸을 뒤지던 중, 녀석의 허리춤에서 손끝으로 뭔가가 걸렸다. 나는 그것을 꺼내서, 그것의 반질반질한 총신을 좌우로 훑어보았다.

미디어 외에 총을 직접 본 적은 이번이 처음이었다.

"총을 가지고 왔었어?"

그것이 무엇을 의미하는지 알기 때문에 눈살이 잔뜩 찌푸려졌다.

장전이 되어 있는지, 안전장치는 풀려 있는지 확인할 길이 없었다.

그런데 다른 녀석들을 뒤지던 중 권총 한 자루가 더 나왔다. 이번 것은 한 손에 쏙 들어오는 작은 사이즈였다.

"이것들이 아주 작정을 하고 왔구만."

녀석들에게 사태를 파악할 시간을 줬다면 놈들이 총을 쐈을지도 모르는 일이었다.

총을 어떻게 할까 하다가, 놈들의 다른 소지품들과 함께 선반 위에 올려놓았다.

선반에는 이미 놈들에게서 압수한 운전면허증, 사회보장카드, 핸드폰, 지갑, 담배, 라이터, 자동차 키, 복면, 나이프 등이 아무렇게나 놓여 있었다.

그러고 보니 놈들에게는 한 가지 공통점이 있었다. 옷 밖으로 드러난 피부에 문신들이 상당했는데, 그중 손등에는 공통적으로 칼에 관통된 별 문신이 새겨져 있었다. 그것은 이 녀석들이 공동의 집단에 소속되어 있음을 나타내는 듯했다.

나는 의자에 결박된 민머리 흑인 앞에 섰다.

"일어나."

목소리에 내력을 담아 말했다.

민머리 흑인이 눈을 번쩍 뜨더니 좌우로 몸을 비틀어댔다. 그 결과 녀석은 의자와 함께 옆으로 쓰러졌다. 그 일과 동시에 정신을 차린 세 녀석이 외쳐댔다.

"이것 안 풀어!"

"개자식아, 너는 목숨이 두 개냐? 죽고 싶어 환장을 했어.

죽을 줄 알아."

"죽여 버린다! 죽여 버린다!"

나는 쓰러져 온갖 악을 쓰는 민머리 흑인의 배를 발로 힘껏 걷어찼다.

퍽!

"조용히들 해. 지금부터 내 허락 없이 입을 열면…… 정말 아플 거야."

내가 말했다.

놈들이 대번에 조용해졌다.

인간도 동물인지라 보호 본능이 있기 마련이다.

살기가 무엇인지 인지할 수 없다 할지라도, 섣불리 행동하다간 큰일 난다는 것만은 깨달은 것이다.

하지만 인간만이 가지고 있는 오점인 '자존심'은 본능을 이겨내기 마련이다.

바비 그린, 민머리 흑인이 묶인 의자와 함께 꿈틀대면서 말했다.

"이, 이러고도 무사할 줄 알아? 원숭이. 지금이라도 나한테 용서를 구하는 게 좋을 거야. 정말 엿 되기 싫으면."

"허락 없이 입을 열지 말랬지?"

"정신이 없을걸. 니가 무슨 짓을 저질렀는지 너도 잘 알 거야. 해 볼 테면 어디 한번 해 봐, 개자식아."

"그래."

나는 놈 앞에 쭈그리고 앉았다.

놈이 핏발이 선 눈으로 나를 정면으로 노려보았다. 녀석은 덫에 걸린 야생 멧돼지 같았고, 결박만 풀면 금방이라도 나를 물어뜯을 기세였다.

"무슨 짓을 하려고?"

놈의 친구들 중 한 녀석이 말했다.

무시하고 민머리 흑인의 뒷목을 잡았다.

"크크크, 해 봐. 잔뜩 기대되는데."라는 놈의 목소리를 들으며 손에 힘을 주었다.

정확히는 오른 손가락으로 놈의 목에 있는 아혈을 꾸욱 눌렀다. 벙어리가 된 녀석은 입을 벙긋거려댔지만, 녀석의 친구들은 내 몸에 가려 그 모습을 보지 못했다.

"총을 맞은 것보다 아플 거야. 잘 참아 봐. 우선 죽이진 않을 테니까."

놈의 귀에 속삭였다.

그제야 놈의 눈빛이 흔들렸다.

하지만 늦었다.

이미 내 왼손으로 놈의 어깨를 움켜쥔 채였다.

분근착골(分筋錯骨).

턱부터 목으로 이어진 핏줄이 곧 터질 것처럼 부풀어 오르고 얼굴이 시퍼렇게 변했다.

갈고리로 근육이 갈기갈기 찢기고 망치로 뼈가 바스러지

는 듯한 통증에 놈이 눈을 뒤집어 깠다.

검은 눈동자가 눈꺼풀에 감춰지자, 안구에는 온통 흰자위 뿐이었다. 놈은 그 상태로 간질병 환자처럼 온몸을 부들부들 떨었다. 그 통에 같이 묶여 있던 의자가 바닥에 부딪혀대며 달그락 달그락, 요란한 소리를 냈다.

"무슨 짓을 하는 거야."

그 목소리에 나는 뒤에 대고 "입 닥치고 있지 않으면 다음은 너희 차례야."라고 말했다.

그러자 바로 조용해졌다.

덜컹덜컹.

계속해서 의자 부딪치는 소리가 실내를 가득 채웠다.

놈이 얼마나 심하게 몸부림쳤던지 의자 다리 하나와 등받이가 부서졌다.

"커허허허……"

놈이 쉰 소리를 내면서 입에 게거품을 물었다.

극한의 고통으로 몸보다도 정신이 먼저 파괴될지도 모른다. 그쯤 해서 놈의 어깨에서 손을 뗐다. 동시에 목을 스치며 아혈을 풀었다.

"크아아악!"

울부짖는 목소리가 튀어나왔다.

이웃집에서 경찰에 신고하면 곤란하기 때문에 오른손으로 놈의 입을 막았다.

"바비! 바비…… 씨발. 바비……."

"무슨 염병할 짓거리를 하고 있는지 몰라도 그만둬. 제발, 그만두라고."

놈의 친구들이 사색이 돼서 말했다.

나는 민머리 흑인이 비명을 그칠 때까지 기다렸다. 그리고 입에서 손을 뗐다.

분근착골 같은 극한의 고통을 겪어 본 것이 처음이었는지 놈의 장기에도 영향이 미친 것 같았다. 내가 손을 떼자마자 검붉은 피가 쉴 새 없이 흘러나왔다. 놈은 마치 토악질을 하듯이 역한 소리를 내면서 계속해서 피를 흘려댔다.

"잘 들어, 바비 그린. 지금부터 내가 묻는 말에 거짓 없이 대답해. 알아들었으면 고개를 끄덕여."

놈을 내려다보며 말했다.

"크으……."

놈이 매우 힘들게 고개를 끄덕였다.

그러나 놈은 내 질문에 대답할 기력조차 없었다. 검은자위가 제자리를 찾았음에도 불구하고 온몸을 사시나무 떨듯 떨면서 가쁜 숨만 내쉬었다. 놈이 십 분이 넘도록 그러고 있는 통에 거실은 정적에 휩싸였다.

몸을 펴고 일어났다.

움찔.

나를 경계하고 있던 녀석의 친구들이 동시에 흡 하고 숨을 들이켰다.

나는 테이블에서 놈들의 신분증 중 하나를 집어들었다. 운전면허증 속의 이름은······.

"윌 타이슨."

내게 이름이 호명된 녀석이 놀란 얼굴로 나를 쳐다봤다. 호머 심슨 가면을 쓰고 멍키스패너를 들고 들어왔던 놈으로 왜소한 몸에 얼굴은 험상궂었다.

"윌, 지금부터 내가 질문을 하겠어. 대답을 망설이거나 거짓이라고 느끼면 조금 전에 내가 어떻게 했는지 봤을 거야. 그렇지? 네 친구는 아직까지도 정신을 못 차리는군."

"······."

대답하지 않는 놈을 뒤로하고, 내 방에서 의자를 가져와 놈의 앞에 놓았다.

나는 놈 앞에 앉았다.

"원하는 게 뭐야."

그러면서 놈은 아직도 헐떡이고 있는 민머리 흑인을 흘깃 쳐다봤다.

"너희하고 같아. 너희 버릇을 고쳐주는 거지."

"······엿이나 먹어."

"그렇게 나오겠다면 나도 어쩔 수 없어, 윌."

나는 그렇게 말한 뒤, 나머지 두 녀석에게 똑똑히 잘 지켜보라고 말했다.

놈도 아웃이다.

나는 지체 없이 양손으로 놈의 어깨를 잡았다. 민머리 흑인에게 했던 것처럼 놈의 아혈을 짚음과 동시에 분근착골의 고통을 선사했다.

쇼크로 즉사하지 않을 정도까지 놈을 몰아붙인 뒤 손을 뗐다. 그렇게 우리 집 거실 바닥에는 몸을 떨면서 피를 토해대는 두 남자가 쓰러져 있었다.

피를 치울 생각을 하니 머리가 지끈거렸지만, 다시 생각하니 그런 수고스러운 일은 녀석들에게 시키면 될 것 같았다.

"딥 던바."

이번에 호명된 놈은 허리춤에 권총을 감춘 채 하키 채를 들고 왔었다.

신분증을 가지고 오지 않았던 다른 녀석과 함께 양손과 양발이 묶인 그가 나를 올려다봤다. 삭발한 민머리도 반쯤 흉물스러운 문신으로 뒤덮여 있었다. 그는 감옥에서 갓 출소한 느낌이 강했다.

"딥, 너도 저 자식들과 같이 지옥에 갔다 오겠어? 아니면 대화를 나눌까."

"대화를 하지……."

목소리가 큰 덩치만큼이나 무거웠다. 그러나 겁을 먹은 기색이 뚜렷했다.

"그, 그전에 내 친구들을 병원에 데려다 주면 안 되겠나?"

어투가 많이 공손해졌다.

"죽진 않아."

"저 상태라면 분명히 죽을 거야."

"그건 내가 더 잘 알아. 네가 생각해도 그런 부탁이 얼마나 염치없는지 알겠지?"

"……넌 지금 우리 친구들을 죽이고 있어. 죽는다고."

"죽으면 좋지. 어차피 너희가 여기에 온 걸 아무도 모르잖아, 그렇지? 시체야 나도 처리할 방법이 있으니까 그건 걱정 안 해도 돼. 너희는 영원히 실종 상태가 되겠지. 너희에겐 적이 많을 것 같은데…… 그들 중 하나가 너희를 처리했다고들 생각하겠지."

그러자 놈이 반사적으로 고개를 저었다. 놈과 함께 묶여 있던 녀석도 마찬가지였다.

"그럼 우리 형제들이 너를 찾을 거야. 우리가 여기에 온 걸 아는 형제들이 있다."

"그렇군, 하지만 상관없어. 분명히 말하는데 이건 진심이야. 어쨌든 대화를 시작하기로 하지. 저녁에 있었던 일 때문에 보복하러 온 게 맞지?"

"맞다."

놈이 적의를 담아 말했다.

"이봐, 너는 조금 더 공손해져야겠어. 거슬리면 더는 참지 않을 거야, 알겠어?"

나는 놈의 눈을 똑바로 쳐다보며 말했다. 놈은 내 눈을 피하면서 많이 낮아진 목소리로 알았다고 대답했다.

"우리 집은 어떻게 알았지?"

"뒤를 밟았다."

"거짓말, 미행은 없었다. 너도 아웃이야."

놈의 어깨를 쥐었다.

놈은 독극물이 몸에 닿은 것처럼 몸서리치며 "알았어, 알았어."라고 외쳤지만, 아직 한 녀석이 더 남아 있었다. 나는 망설이지 않고 손에 힘을 실었다.

*   *   *

나머지 한 녀석은 다른 녀석들에 비해 어린 편이었다. 얼굴에 앳된 기가 남아 있었다.

"밥, 밥이 죽은 것 같아."

녀석의 말대로 민머리 흑인은 움직임이 없었다. 하지만 기운이 정상적인 것을 보니 죽은 건 아니고 일시적으로 정신을 잃은 것에 불과했다.

"말했지? 상관없다고."

"제발……."

녀석은 지금까지 지옥을 방불케 하는 극한의 고통을 겪은 세 남자의 모습을 모두 지켜보았다. 불량했던 눈빛이 거리의 부랑자들처럼 힘을 잃은 채 흔들거렸다.
"이름."
내가 물었다.
"티…… 티제이."
"좋아, 티제이. 거짓말을 하면 어떻게 되는지 길게 말할 필요는 없겠지, 그렇지?"
"묻기나 해. 씨발……."
녀석이 눈물을 글썽거리며 애원하듯이 말했다.
"우리 집 주소는 어떻게 알았어?"
"아는 경관이 있어."
"두 번 묻게 하지 마. 자세히 말해."
"아는…… 아는……."
녀석은 헐떡거리면서 제대로 말을 잇지 못했다. 내 눈치를 살피는 모습을 보니 여간 겁을 먹은 것이 아니다.
"침착해. 시간은 많아, 티제이. 성실하게만 대답한다면 당장 널 어떻게 하진 않을 테니까."
녀석이 대답할 때까지 기다렸다. 이윽고 녀석이 나를 힐끔 쳐다본 뒤에 입을 열었다. 그 짧은 사이에 바짝 메마른 검은 입술이 천천히 움직이기 시작했다.
"웨스트 할렘 23경찰서에 도, 도미니크 윌리엄스라는 경관이 있어. 빅핏이 그자의 약점을 쥐고 있어. 그자는 가족도 팔아먹는 약쟁이거든."

내가 이렇다 할 대꾸 없이 바라만 보고 있자, 녀석은 계속해서 말을 이었다.

"그, 그 멍청한 경관이 빅핏의 물건에 손을 댔었는데, 바로 걸렸지. 마누라도 새끼들도 다 총 맞아 뒈지는 꼴을 보고 싶지 않, 않다면…… 그는 우리가 원하는 정보를 줘야 해. 그러니까 그는 우리의 정보원……인 셈인 거지."

경찰서에서 내 신상 정보를 모두 기입했던 기억이 떠올랐다. 거기가 구멍이었던 것이다.

"빅핏이 너희 두목인가 보군. 너희 조직에 대해서 말해 봐."

이놈들은 갱단이다.

그 확신을 가지고 물었다.

"그렇게 날 죽이고 싶어 안달이 났어? 아가리에 총구를 집어넣고 방아쇠를 당기면 만족하겠어? 씨발……. 이쯤 하면 됐잖아. 날 처형당하게 만들지 마, 제발."

"엄살 피우지 마. 역시 사람은 꼭 겪어 봐야 말을 듣게 되는 건가……. 내일 다시 이야기하기로 하지. 너도 아웃이야, 티제이."

녀석의 어깨로 손을 가져갔다.

"웁스!"

녀석이 질겁하며 외쳤다.

"너무 시끄럽잖아."

"말할게, 다 말할게. 나한테 저 이상한 짓거리만은 하지

마. 날 죽이지 마."

"듣고 있어."

"빅핏이 보스야. 빅핏은 돈이 되는 일은 다 해. 약도 무기도 인신매매도 음반 시장도 유통업도 전부 다! 모두 빅핏의 소유고, 빅핏은 뉴욕의 왕이야. 그렇게 십 년을 넘게 돈 되는 사업들은 모두 빅핏이 독점해왔으니 어마어마한 부자일 거야."

"그리고?"

"그러니까…… 우리를 풀어줘, 동양인. 내가 장담하는데 이렇게 가다간 너는 죽을 수밖에 없어. 너는 일을 너무 크게 만들어 버렸어. 가진 돈은 얼마나 있어? 돈 말이야. 응? 돈만 준비하면 건즈(Guns) 형제들에게는 내가 잘 말할게. 내가 어떻게든 할 수 있을 거야. 죽지 않게 잘 정할게."

녀석의 애절한 눈빛에 나는 기가 차서 웃음이 나왔다.

"돈?"

"그래, 돈! 냉정하게 잘 봐 봐, 동양인. 너는 우리 형제들을 저 꼴로 만들어놨어. 우리 조직의 구역에 1센티미터만 딛어도 반드시 죽여 버리고 마는데, 너는 그런 우리 조직의 조직원들을 썩은 소시지 꼴로 만들어 버린 거야."

그때였다.

"티제이……."

뒤에서 갈라진 목소리가 들렸다.

겨우 정신을 차린 월이라는 녀석이 티제이를 노려보고 있

작은 금속 마찰음 235

었다.

"워워워…… 월, 아니야. 나는 아무 말도 안 했어. 이 자식이 얼마나 엿 됐는지 설명해주고 있었을 뿐이야."

그러더니 갑자기 퉤! 하고 내게 침을 뱉었다. 물론 그것이 내 몸에 맞을 리는 없었다.

녀석이 쓰러진 형제들에게 들으라는 듯이 나를 향해 말했다.

"이제 너는 좆됐어. 너희 나라로 도망가도, 우리 형제들이 끝까지 쫓아가서 널 죽일 거야. 너뿐인 줄 알아? 네 부모도 형제들도 전부 다, 할 수 있는 한 최대한 잔인하게 죽일 거야. 그렇게 될 수밖에 없어……. 너도 네 가족들도, 우리 형제들에게서 도망칠 곳이 아무 데도 없어. 씨발."

잠깐 정신이 멍했다.

"그렇군."

한참을 말없이 가만히 있었다.

"……뭐? 엿이나 먹어, 코리안."

피가 부글부글 끓어오른다.

"고작 이런 일로……. 무슨 일이 있어도 우리 가족을 들먹여서는 안 됐어."

와직.

녀석의 어깨를 움켜쥐자 견갑골이 짓이겨지는 것이 느껴졌다. 녀석은 비명을 지를 새도 없이 곧바로 정신을 잃었다. 그러나 분근착골의 수법으로 놈의 몸에 자극을 가하자 눈을 부릅뜨더니 살려달라고 애걸하기 시작했다.
녀석을 무시하고 막 정신을 차린 윌이라는 녀석에게로 시선을 돌렸다.
"너는 이 녀석 다음에 다시 시작하기로 하지. 밤은 길어. 더욱이 너희에겐 정말 긴 밤이 될 거야."

제 7장
거물 중의 거물

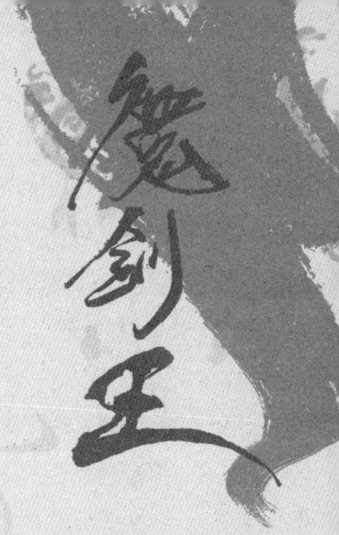

마약 유통, 총기 거래, 강도, 절도, 협박, 인신매매, 살인 청부 등등.

그들은 흉악 범죄를 수입원으로 삼고 있으며, 조직 형태는 다양하다. 이를테면 월 스트리트에 진출한 기업형 갱단이 있는가 하면, 미국 전역에 수백 개의 지부를 가지고 있는 MS—13, 크립스(Crips), 블러드(Bloods), 헬스 엔젤스(Hell's Angels) 같은 거대 갱단이 있는가 하면, 10명 안팎의 인원으로 구성된 소규모 갱단도 있다.

큰 범주로는 인종, 지역, 유사성(폭주족, 유통 물품)으로 축약할 수 있다.

윌이라는 녀석의 설명에 따르면 뉴욕, 특히 맨해튼은 할렘의 흑인 인종으로 이루어진 건즈(Guns)가 주름잡고 있다고 하고, 그 보스가 녀석들이 계속 입에 담았던 빅핏이라는 인물이었다.

건즈 밑으로 하부 조직이 이십여 개가 넘고, 동맹을 맺은 갱단의 수도 백여 개가 넘는다.

그중에는 동맹 형태의 하부 조직인 건즈 케이(Guns K)라고 하는 코리안 갱이 있었고, 그들은 물론 뉴욕 코리아타운에서도 활동하고 있다고 들었다. 그 외에도 뉴욕의 차이니즈, 라티노 갱들도 흡수하였다.

그런 식으로 갱단 건즈는 뉴욕 전 지역에 존재하고 있는 수백 개의 크고 작은 갱단들을 휘하에 두고 있었다.

"네 녀석들은 정규 조직원이다?"

내가 물었다.

녀석은 그렇다고 대답하면서 마리화나를 요구했다. 그것은 내가 압류한 물품 중에 있었다.

"정신을 못 차렸군. 이래선 대화가 되질 않겠어. 아직 존경심이 부족해."

내가 주먹을 치켜들자 녀석이 반사적으로 외쳤다.

"아직도 모르겠냐? 넌 엿 됐다고. 대체 뭘 믿고 이러는 거냐. 믿는 구석이 있기나 한 거냐."

"멍청하긴. 엿 된 건 너희야."

그 말을 끝으로 녀석의 얼굴에 주먹을 먹였다.
퍽.
녀석의 얼굴이 크게 돌아갔다. 녀석은 그대로 정신을 잃었다.

* * *

"사부? 이 시간에 웬일이야?"
새벽 두 시가 훌쩍 지난 시간인데도 팀은 아직 잠이 들지 않은 모양이었다.
하악하악.
핸드폰 너머에서 그의 밝은 목소리와 함께 한 여성의 신음 소리가 들렸다. 여자는 이어서 팀의 이름을 애타게 불렀다. 팀이 그녀에게 "무척 중요한 전화야, 스칼렛. 오늘은 끝났어. 그만 돌아가."라고 말했다.
"미안, 사부."
"좋은 시간을 방해한 모양이야."
"아니, 마침 지겨웠던 참이었어. 무슨 일이야, 사부?"
"한 사람을 지금 소개받아야겠는데, 그가 이 시간에 깨어 있을지 모르겠네."
"혹시 여자? 지금 샤워하고 있는 그녀를 사부에게로 보낼까? 다리가 죽여줘."
나는 무시하고 계속 말했다.

"이름은 존 크레이. 그가 깨어 있을까?"
"존 크레이?"
"그래."
"……사, 사부가 그를 알아?"
"사립 탐정들 중에 너희가 최고로 인정하고 있다는 것은 알고 있지."
"……"

아무런 대답이 없었다. 그럴 수밖에 없었던 것이, 팀과 알렉스가 내 제자가 되느냐 마느냐의 기로에 있던 때 그들이 내 뒷조사를 맡겼던 사립 탐정이 바로 존 크레이였던 것이다.

"변명하진 않겠어. 사부, 정말 미안해. 그와의 거래는 넉 달 전이 마지막이었어."

팀의 목소리가 무겁게 변했다.

"말했지? 너희 사회적 위치를 모르는 게 아니라고. 넉 달 전의 그 일로 이제 와서 너희를 다그칠 마음은 없어. 그때 너희는 내 제자가 아니었으니까."

"……"

"이 밤중에 연락한 건 그런 이유 때문이 아니야. 사립 탐정이 필요해, 지금."

"무슨 일인지 물어도 될까?"

"내 친구에게 문제가 생겼어. 갱단하고 얽힌 모양이더군. 그래서 그 갱단에 대해 자세한 정보를 얻고 싶어 하는 것 같은데, 그런 일엔 사립 탐정이 제격이지."

"싯(Shit)! 갱? 골치 좀 아프겠는데. 돈 문제라면 내가 해결할게. 얼마면 돼?"

팀이 별일 아니라는 듯이 말했다.

"네 말대로 큰돈을 주면 끝날 수도 있겠지. 하지만 그 친구는 갱에게 돈을 줄 인물이 아니야. 나 또한 문제를 해결하기 위해서 갱단에 돈을 바치는 일에는 찬성할 수 없다."

"그것들은 성가시고 위험해, 사부. 돈으로 해결할 수 있다면 그렇게 하는 게 나아. 하지만 사부의 친구라면 안 봐도 어떤 사람일지 알 것 같아. 그런데 어떤 갱단과 문제가 생긴 거야? 건즈는 아니겠지? 아니겠지."

"맞다."

"크으…… 역시 건즈인가. 골치 아프게 됐네."

"갱에 대해 잘 아는가 보군?"

"뉴욕 시민 중에 그들을 모르는 이가 얼마나 있을까. 난 말이야, 어지간하면 돈으로 해결했으면 해. 하지만 안 되겠지? 존 크레이는 언제나 대기 중이야. 진정한 프로페셔널이지. 지금 가보겠다면 내가 먼저 언질을 해둘게. 사무실은 타임 워너 센터에 있어."

"미드타운에 있는?"

"택시는 없을 테고, 리무진을 사부에게 보낼까?"

"아니, 마침 그 친구도 미드타운에 살고 있다. 그 친구가 직접 갈 거야."

"오케이, 존 크레이 연락처는 801—321—9902야. 사무실은 타임 워너 센터 43층이고. 미리 언질은 해둘 테니까 사부 친구에게 전해줘. 그것 말고는 내가 따로 도울 일은 없을까?"

"그거면 됐다."

"사부, 이런 말 해도 될지는 모르겠는데, 너무 깊게 관여하지 않았으면 좋겠어."

"내일 보기로 하지."

낮이라면 2.5달러를 내고 지하철을 타고 콜럼버스 서클역으로 가야 했다.

하지만 두 시가 넘는 야심한 밤에는 미드타운까지 빠르게 갈 수 있는 방법이 있다.

나는 갱 조직원 넷을 이튿날까지 깨지 못하도록 점혈을 해두고 옥상으로 올라갔다.

센트럴 파크는 맨해튼 중심에 크게 위치하고 있어서 센트럴 파크를 통해서만 할렘에서 미드타운까지 직행할 수 있다. 특히 지금처럼 야심한 밤은 사람들의 눈길을 피해 경공술을 시전할 수 있으리라.

타핫!

지면을 박차고 뉴욕의 밤하늘로 솟구쳐올랐다. 허공에서 공력을 전신으로 퍼트렸다.

두드득.

뼈 소리와 함께 안면 근육이 뒤틀리는 게 느껴졌다.

여유가 많이 있었던 셔츠가 꽉 채워지고 앞 머리칼도 길게 자라나 눈앞까지 내려왔다.

헬스 트레이닝을 꾸준히 한 삼십 대 초반의 건장한 동양인이 지금 내가 생각하고 있는 모습이었다.

다른 이들은 변장을 할 때 가발을 쓰고 안경을 쓸 테지만, 나는 머리칼을 자라나게 하고 눈을 작게 만든다.

그렇게 오랜만에 시전한 역용술은 전신에 이질적인 느낌을 선사했다.

쉬이이익.

센트럴 파크로 들어온 순간부터는 전속력으로 내달렸다.

마약에 찌든 부랑자들이 간혹 보였지만 대부분 박스를 끌어안은 채 잠든 상태였다.

속도를 늦출 만한 방해물은 없었다.

늦가을의 싸늘한 바람이 빠르게 내 귓가를 스치고 지나간다. 모든 것이 한순간 나타났다가 저만치 뒤로 사라진다.

센트럴 파크 남서쪽 입구에 도착하기 훨씬 전부터 타임 워너 센터(Time Warner Center)가 보였다.

그곳은 멀리서도 한눈에 알아볼 수 있을 만큼 하늘을 향해 치솟아 있었다.

총 55층으로 이루어진 그곳은, 5층까지는 수많은 브랜드 전시관과 상점, 그리고 고급 레스토랑, 재즈 극장 등이 있는데, CNN 스튜디오는 물론이고 심지어는 해외에도 잘 알려진 우리나라의 일성과 삼성의 전시관이 나란히 입주해 있다고 알고 있다. 그런 타임 워너 센터에 사무실이 입주해 있다는 사실만으로도, 사립 탐정 존 크레이는 상당한 재력가임이 틀림없었다.

뉴욕의 밤을 수놓는 선명한 불빛들이 쌍둥이 빌딩에서 뿜어져 나오고 있었다.

곧장 타임 워너 센터로 들어갔다. 좌측에 위치한 별동으로 이동했다.

그곳에서 무전기를 찬 경비원의 설명대로 방명록에 이름과 방문 목적을 썼다.

이름은 김청수, 방문 목적은 업무 의뢰로.

경비원이 통상적인 절차라면서 존 크레이 사무실에 사실 여부를 확인했다. 그런 일련의 과정을 마친 후에야 엘리베이터를 타서 43이라고 써진 버튼을 누를 수 있었다.

벽에 부착된 안내판에 따르면 존 크레이의 사무실은 3호실이었다.

"팀 모리슨의 소개로 왔습니다."

두텁게 변한 내 성대에서 본래 목소리보다 굵은 목소리가 흘러나왔다.

"기다리고 있었습니다. 존 크레이입니다. 팀의 친구라면 언제든 환영이지요. 그런데 이 시간에 오실 정도면 상당히 급한 일이신 모양입니다. 걱정 마세요. 시간 외 비용은 팀에게 청구될 겁니다."

존 크레이가 말했다.

큰 체구에 불룩 튀어나온 배, 그리고 두겹진 턱살.

하지만 그는 후덕하기보단 완고한 인상의 중년 사내였다.

전쟁에서 갓 돌아온 백전노장을 생각했던 것과는, 막상 실제로 보니 인상이 많이 달랐다. 그가 자신을 존 크레이라고 밝히지 않았더라면, 이 고급스러운 사무실의 관리인으로 오해했을지도 모른다.

나는 그가 안내한 가죽 소파에 앉았다. 푹신한 감촉이 엉덩이를 감쌌다.

그는 노트북 하나를 가져와 나를 마주 보고 앉았다.

"성함이?"

모니터 빛이 머무른 그의 입가가 히죽 하고 웃었다. 본인은 알까? 기분 나쁜 미소라는 것을.

"김청수입니다. 김이라고 부르시면 됩니다."

"한국 분이시고요?"

"예."

"어쩌다 한국 분이 건즈와 엮이셨는지 모르겠습니다만, 저는 그들과의 협상을 권해 드리고 싶습니다. 제가 중재할 수 있습니다. 협상 조건을 책정하기 위해서는 자세한 사정을 들어야 하는데, 들려주시겠습니까?"

"협상을 해야만 한다, 라는 식으로 들리는군요."

"예, 무슨 사정인지는 아직은 모르겠습니다만, 사실 그들과 시비가 붙었을 때는 협상을 하는 것이 최선입니다. 그래도 김은 저를 찾아오셨으니 운이 좋으신 겁니다."

그가 자신만만한 표정을 지으며 말했다.

"건즈는 뉴욕뿐만 아니라 미국 전역, 그리고 김의 나라인 한국의 갱들과도 동맹 관계가 상당합니다. 이게 무슨 말이냐면, 세계 어느 나라로 피하든지 간에 그들이 김을 찾아낼 것이고 보복하고 말 것이란 뜻입니다. 찾아오는 조직원들의 피부색은 달라지겠지만 말입니다. 어찌 됐든 이 계통에 전문가는 많겠지만, 단연코 말씀드리는데 저만 한 인물도 없을 것입니다. 마침 팀이 협상 비용을 모두 지급하겠다고 하였으니 김은 자세한 사정을 말씀하신 뒤, 제가 소개할 경호 요원들과 함께 은신처에서 기다리고 있기만 하면 되십니다. 그러면 끝입니다."

"시비가 붙어 정규 조직원 넷을 구타하고 감금하였다면, 협상 비용은 얼마쯤으로 예상됩니까?"

순전히 호기심으로 물었다.

"넷이요?"

그제야 그의 눈살이 살짝 찌푸려졌다.

하지만 곧 은행 출납원과 같이 사람 좋은 미소를 지으며 입을 열었다.

"두당 오만 달러는 잡아야 할 겁니다. 총 이십만 달러 밑으로는 어렵습니다."

그의 확신 어린 어투에서, 그가 이런 일을 많이 처리해왔다는 것을 느낄 수 있었다.

"이십만 달러만 쥐여주면 끝이다?"

"끝입니다. 물론 협상 기간 내에 소요되는 경호 비용은 따로 부가됩니다."

"갱들은 눈에는 눈, 이에는 이가 아니었습니까."

"그래서 저와 같은 협상 전문가가 필요한 겁니다. 제가 이 일을 맡게 된다면 저는 그들과 협상하지 않을 겁니다. 상원 의원 로버트 호스만 쪽에 선을 댈 겁니다. 상원 의원 로버트 호스만과 건즈의 빅핏은 어쨌거나 막역한 사이입니다. 빅핏은 호스만 쪽의 청탁을 무시하지 못합니다. 그 반대도 마찬가지지만 말입니다."

"존은 수완이 좋으신가 보군요?"

"그런 셈입니다."

존 크레이는 고객에게 신뢰를 줄 수 있는 방법을 잘 알고 있었다.

타임 워너 센터에 입주한 그의 사무실과 영업 방식만 봐도 그렇겠지만, 그는 수많은 사립 탐정들 중에서도 상류층 고객들만을 상대하는 사립 탐정이었다.

그래서인지 자존심이 강하고 자신의 능력을 과신하고 있는 것처럼 느껴지기도 한다.

"하지만 제가 바라는 것은 중재가 아닙니다. 나는 그들의 모든 정보를 원합니다."

"그렇습니까?"

그의 표정을 보고 있노라면 무슨 생각을 하고 있는지 알 수가 없다. 완고한 그 얼굴은 오히려 화가 난 것처럼 보이기도 한다.

그가 계속 말했다.

"그럼 어느 정도까지입니까?"

"하부 조직을 포함한 건즈의 규모와 아지트 주소, 그리고 보스인 빅핏에 대한 상세한 정보입니다."

"실례지만 김도 조직에 있습니까?"

"대답을 해야 합니까?"

"아닙니다. 어쨌든 김이 요구한 정보는 지금에라도 제공할 수 있습니다. 그건 간단한 일입니다. 다만 조직 간의 전쟁을 준비하고 있다면, 서비스 차원에서 한 말씀 드리고 싶어서 물었던 것뿐입니다."

존이 담담하게 말했다.

"계속 느꼈지만 이런 일들을 많이 처리해 보신 것 같으시군요."

"저는 다양한 고객들을 상대합니다."

그 말에는 많은 뜻이 내포되어 있었다.

"빅핏은 갱단의 보스지만 정계에 있어서도 핵심 인물입니다. 정계에서 그가 가지는 파워는 상당합니다. 빅핏의 정치 후원금을 받은 후보자들은 어김없이 당선되어 왔습니다. 상원 의원 호스만도 마찬가지입니다. 빅핏, 그는 매우 영리하죠. 평소에는 고객에게 이런 말을 하진 않지만, 팀의 소개로 오신 분이기 때문에 말씀을 드리는 겁니다. 그를 상대로 싸우실 생각을 하시는 것은 매우 위험합니다. 최근에 뉴욕 시장이 갱단과의 전쟁을 선포하였고 성과가 있었습니다. 알고 계실 것입니다."

나는 고개를 끄덕였다.

"내막은 이렇습니다. 시장이 선포한 전쟁은 모든 갱단들이 아니라, 크립스를 향한 것이었습니다. 즉 뉴욕 경찰 당국은 크립스 갱과 전쟁을 선포하였고, 실제로 그 일로 인해 크립스의 뉴욕 지부는 무너졌습니다. 건즈의 조직원들도 몇몇 체포되긴 했지만 크립스의 피해에 비하면 아무것도 아니었지요. 애초에 경찰 당국은 건즈를 상대할 생각이 없었습니다. 왜냐하면 이 일을 주도한 것이 바로 건즈, 빅핏이기 때문입니다."

"그렇다면 그는 손대지 않고 코를 푼 격이군요. 공권력을 동원하여 라이벌 갱단을 처리하였으니."

"그렇습니다."

존은 처음처럼 무심한 표정과 함께 말을 이었다.

"갱단 크립스는 강력한 힘을 가진 조직입니다. 빅핏 입장에서는 하루가 다르게 세력을 넓히는 그들이 눈엣가시였습니다. 그런데 그렇게 영리하게 크립스를 몰아냈습니다. 상원의원 호스만에게 청탁하였고, 호스만은 연방 검찰청의 형사부 부장검사를 끌어들여 그 일을 성사시켰습니다."

"하시고 싶은 말씀은 알겠습니다. 전쟁을 하려는 것이라면, 경찰 당국이 끼어들 것이다?"

"이 업계에서 종사한 지 십수 년이 넘었습니다. 이쯤이면 제 직감은 영매들 못지않습니다. 김은 건즈와 싸우려고 하고 있습니다. 그런데 김이 싸우려는 상대는 엄청난 거물이라는 점을 알려 드리고 싶었습니다. 팀의 소개로 오신 분이기 때문에."

"팀을 좋아하시는군요. 고객에게 이런 설명도 해주시고."

값을 올리고 싶은 거겠지.

그는 내가 비꼬는 것을 알아차리지 못할 만큼 멍청하지 않았다.

존이 크흠 하고 불쾌한 심기를 드러냈다.

"팀이라는 배우가 의뢰비를 대납한다고 하였지만, 안면도 없는 그의 돈을 제가 멋대로 쓸 수는 없지요. 의뢰비는 제가 지급하겠습니다."

"이십만 달러입니다."

존이 기다렸다는 듯이 즉각 대답했다.

"그리고 개인적으로는 협상하는 쪽을 권해 드리고 싶습니다."

"그 돈은 로버트 호스만이라는 상원 의원의 정치자금으로 들어가게 되고요?"

왠지 주말이 되면, 그가 호스만의 선거 캠프 배지를 차고 있을 것만 같았다.

나는 속으로 웃으면서 말했다.

"그런데 협상을 하는 것도 이십만 달러고, 정보 제공 비용 역시 이십만 달러다?"

"빅핏의 은신처는 연방 수사국에서도 1급 보안으로 다룰 정도로 고급 정보에 속합니다. 다른 정보들이야 일실 비용만 받고 지금 이 자리에서 출력해 드릴 수도 있습니다. 그리고 다른 탐정들은 빅핏의 은신처를 알 수조차 없을 것입니다. 팀이 저를 소개해준 것은 그만한 이유가 있어서입니다."

"거대 갱단 보스의 은신처라면 값이 꽤 되겠지요. 단, 현재 그가 거주하고 있는 곳이어야만 합니다. 의뢰를 하지요. 언제쯤 가능하겠습니까."

"내일 오후 중 편한 시간대에 오시면 됩니다. 착수금을 받는 것이 원칙이나, 말씀드렸듯이 팀의 소개로 오셨기 때문에 받지 않겠습니다."

"저야 편하지요."

어깨를 으쓱해 보인 뒤 자리에서 일어났다.

"아 참, 그리고 이들의 가족 관계에 대해서도 자세히 알아봐 주셨으면 합니다."

오는 길에 가지고 왔던 녀석들의 사회보장카드와 운전면허증을 존에게 건넸다.

그는 대수롭지 않게 고개를 끄덕였다.

집으로 돌아와 집 안 청소를 하고 있는데, 팀에게서 전화가 왔다. 그때가 새벽 다섯 시였다.

"어떻게 됐어? 사부."

"그에게 듣지 않았어? 친구에게 듣기론 존과 너는 상당한 친분이 있었던 것 같다던데."

"존은 프로 중의 프로야. 고객의 비밀은 무슨 일이 있어도 누설하지 않아."

"하지만 흔한 말로 재수 없는 타입이라더군."

"하하, 사부의 친구가 그래? 틀린 말은 아니야. 하지만 재수 없어도 용납이 되는 몇 안 되는 인물 중의 하나야. 그는 그쪽 업계에서 매우 유명해. 상당수 괜찮은 탐정들이 연방수사국(FBI)이나 중앙정보국(CIA) 출신이라고들 하지만 그는 달라. 그는 국방부(Pentagon) 육군성(the Department of the Army) 참모 출신이야. 정말 흔치 않지. 그래서 특별한 거고."

완고한 그의 얼굴이 뇌리에 스치고 지나갔다. 다시 생각건대 그건 군인의 얼굴이었다.
"고위직 참모 출신으로 인맥도 넓고 능력도 최고야. 그가 하지 못하는 것은 없어."

*　　*　　*

네 녀석들을 창고 대용으로 쓰고 있는 방으로 몰아넣었다.
굳이 문을 잠글 필요는 없었다. 점혈을 다시 해둔 덕분에, 영양 부족으로 신진대사율이 급격히 떨어지는 삼 일 후까지는 정신을 차릴 리 만무했다.
문제는 녀석들의 동료가 실종된 녀석들을 찾아 우리 집을 찾는 경우였다.
아니나 다를까, 이튿날 오전부터 녀석들의 핸드폰이 쉬지 않고 울렸다.
집요하게 전화를 거는 이들에게 '갑자기 일이 생겼어.' 라는 문자를 남겼다.
무슨 일이냐고 돌아온 답문은 무시하고 핸드폰 전원들을 꺼뒀다.
―그러니까 이 몸보고 집 지키는 개가 되라?
흑천마검이 박쥐처럼 천장에 매달린 채 대답했다.
"개라니, 잘도 곡해해서 듣는군. 나는 이미 네가 신에 필적

한 존재임을 알고 있어."

―그런 이 몸에게 집을 지키고 있으라니. 크크크, 재미있어. 애송이 넌 정말 웃기는 녀석이야.

"기대는 하지 않았다. 혹시나 해서 물어본 것뿐이니까, 다만."

―다만?

"네가 내게 협조적이면 나도 네게 그렇게 할 수 있다는 것을 알려주고 싶을 뿐이지. 우린 꽤 오랫동안 함께 해야 하지 않아?"

―협조라······.

"원하는 게 있다면 지금 말해. 마음 바뀌기 전에."

그러자 흑천마검이 바닥으로 내려왔다. 그가 나를 보며 하얀 송곳니를 드러내며 미소 지었다. 매번 보는 것이지만 절대 익숙해지지 않는 괴이한 웃음이다.

―애송이, 지금대로라면 언제쯤 돼야 네 녀석이 맛있게 익을지 모르겠단 말이야. 수련을 왜 하지 않는 거지?

"알겠지만 이 세상뿐만 아니라 저 세상에서도 나를 대적할 이는 없다."

흑천마검이 그럼 나는? 하고 자신을 가리켰다.

대답할 가치를 느끼지 못하고 곧장 존의 사무실로 향했다.

낮의 타임 워너 센터는 활기가 넘쳤다.

그 거대한 쌍둥이 빌딩은 관람객들이 들러야 할 관광지로 각광받고 있기 때문이다.

관람객들과 함께 정문을 통해 로비로 들어섰다.

정면으로 지하와 지상으로 갈 수 있는 에스컬레이터가 있었고, 그 앞에는 3미터가 넘는 인간형 조각상이 서 있었다. 관람객들은 그 앞에서 사진을 찍으며 즐거워하고 있었다. 반면에 지하에 있는 대형 홀 푸드 마켓(Whole Food Market)에서 산 음식을 종이봉투에 담아 들고 올라오는 인근의 거주민들도 있었다.

한편 에스컬레이터 위쪽으로 일성의 기업 심벌인 커다란 금색 별이 보였다. 그쪽 일성 전시관에서 행사가 한창이었다.

미국 중심부에 커다란 전시관을 가진 일성의 위상을 체감한 뒤, 별동으로 이동했다.

"기다리고 있었습니다, 김."

존이 테이블에서 나를 맞이했다. 무뚝뚝한 그의 얼굴은 다시 봐도 정이 가지 않는다.

그런데 왠지 감이 좋지 않았다.

아니나 다를까, 존이 고개를 설레설레 저으며 다가왔다.

"일찍 말씀드릴 수 있어 다행입니다. 아쉽게도 김의 의뢰를 받아들일 수가 없습니다."

그가 사무적인 어투로 말했다.

"설명드리자면 이렇습니다. 여러 방면으로 알아보았는데, 빅핏이 거주지를 바꾼 지 꽤 된 모양입니다."

"존이 알아내지 못하는 일은 없다고 들었습니다만?"

"그가 가진 은신처가 얼마나 되는지 아십니까? 자그마치 이십여 곳이 넘고 미국 전역에 퍼져 있습니다. 해외까지 따진다면 수를 셀 수가 없지요. 마이애미에서 하와이언 셔츠를 입고 선탠을 하고 있을 수도 있고, 모스크바에서 은밀한 사업을 진행하고 있을지도요."

"존이 알아내지 못하는 일은 없다고 들었습니다만?"

"그가 소유한 부동산 내역을 모두 제공할 수는 있습니다. 물론 차명으로 계약한 것까지 말입니다. 하지만 지금 그가 어디에 있냐고요? 그건 빈 라덴이 어디에 있냐고 묻는 것만큼이나 어렵습니다."

이야기가 길어질 것 같아 소파에 앉았다. 존도 안경을 벗어 책상 위에 올려놓고는 내 앞에 앉았다.

"빅핏은 거물 중의 거물입니다. 솔직히 말씀드려, 김이 왜 빅핏을 찾는지 모르겠습니다. 그에게 접근하는 건 죽음을 자초하는 겁니다. 제 말을 믿으십시오."

"……."

"어제 건즈의 조직원들과 시비가 있었다고 말씀하셨는데, 그것 때문에 빅핏을 찾는다는 것은……."

모처럼 그의 표정에 변화가 있었다.

그가 살짝 웃으면서 "말씀 안 해도 아시겠지요?"라고 말했다.

"어제와는 말씀이 달라 상당히 당황스럽군요."

내가 말했다.

"미안합니다. 하지만 시간과 자금을 투자하실 수 있으시다면 빅픗의 주거지를 알아낼 수는 있습니다. 지금 당장은 불가능하지만 말입니다."

"얼마나 걸립니까?"

"이 주, 그리고 사십만 달러입니다. 큰 금액인 것 압니다. 확실히 해둬야 할 것은 빅픗은 그만큼이나 거물이라는 겁니다. 그리고 김은 지금 그런 사람에게 접근하려고 하는 겁니다. 또 거주지를 안다고 하여도 그에게 어떻게 접근할 수 있겠습니까. 김이 무슨 의도로 빅픗에게 접근하려는지는 모르겠으나, 그만두십시오."

존이 나를 똑바로 응시하며 말했다.

무표정인 얼굴이지만 눈빛에서 그의 감정을 읽을 수 있었다.

네가 하려는 것은 자살 행위야! 그렇게 생각하고 있는 것이다.

그가 나를 바라보다가 알겠다는 듯이 고개를 끄덕였다.

"의뢰하시겠습니까?"

"그러기엔 제가 시간이 없군요. 그럼 할렘 지구에 있는 건즈의 조직에 대해서는 지금 알 수 있습니까?"

존은 대답 없이 자리에서 일어나 서류철 하나를 가지고 왔다. 서류철을 집어들자 카드 몇 개가 탁상 위로 떨어졌다. 어제 내가 맡겼던 그 녀석들의 사회보장카드와 운전면허증이었다.

서류철에는 수십 장의 사진들이 동봉되어 있었다. 민머리 흑인과 그의 친구들, 그리고 처음 보는 인물들이 사진 속에 있었다.

존이 경찰서에서 찍은 것으로 보이는 범죄자 프로필 사진 하나를 손가락으로 밀어서 내 앞에 보였다. 그는 이어서 몇 장의 사진들을 추가로 골라냈다.

늙은 흑인 여성과 젊은 흑인 여성이 주택 마당에서 빨래를 널고 있는 사진이다.

"바비 그린. 전과는 폭력에 폭력에 가중폭력. 그리고 지금은 가석방 상태이고, 보시는 사진은 놈의 동생과 어머니입니다. 그리고 주거지는 카드에 기록된 곳과 일치합니다."

두툼한 서류철은 모두 그런 것들이었다.

우리 집에 침입했던 녀석들의 가족 관계는 어떻게 되는지, 누구와 함께 살고 있으며 전과는 어떻게 되는지. 핸드폰 번호는 물론이고 최근 통원 치료 중인 가족들의 진료 기록까지 첨부되어 있었다.

"빠르시군요. 오늘 아침에 찍은 것 같은데."

존은 그것에 대해선 별다른 설명 없이 서류철을 뒤적거렸다.

이 정도 정보쯤이야 논할 가치가 없다는 느낌을 받았다.

"여기 있군요."

그러면서 그는 맨션 사진 한 장을 골라냈다. 마약쟁이들이 살 만한 허름한 맨션 앞에는 건즈의 조직원들로 보이는 이들이 대화를 주고받고 있었다.

"할렘 지구 건즈 조직원들의 본거지입니다. 주소는 뒷면에 있습니다."

나는 서류와 사진들을 하나씩 살펴봤다.

"이만하면 됐습니다. 아쉽지만 나머지는 제가 알아서 하지요. 비용은 어떻게 됩니까?"

"오천 달러입니다."

존은 그 말과 함께 명함을 건넸다.

그의 연락처와 이메일 주소가 쓰여 있었고, 다른 명함들과는 달리 계좌 번호도 같이 인쇄되어 있었다.

그 길로 32번가에 있는 코리아타운으로 향했다.

지하철역에서 나오자마자 친절하게도 이정표가 건널목에 있었다. Korea way라는 영문 밑에 한글로 쓰인 '한국 타운'이라는 글자가 반갑게 느껴지기 무섭게, 정면으로 한글 간판들이 시선에 들어오기 시작했다. 한편, 그 유명한 엠파이어 스테이트 빌딩과 페덱스(Fedex) 택배 차량과 그리고 뉴욕 경찰차가 함께 보였다.

나는 우리은행으로 들어갔다. 왜냐하면 내 또 다른 신분의 계좌가 우리은행에 있기 때문이다.

화장실에서 역용술로 모습을 바꾼 나는 김청수에서 '정재원'으로 변했다.

매 월말에 레드웨이 엔터테인먼트의 월급 사장인 최 사장으로부터 삼십억에 달하는 사업 이익금에 관한 보고서를 받아왔다.

그리고 그 메일에는 사업 확장 투자 금액을 제외한 이익금을 정재원의 우리은행 계좌에 이체한 증명서 또한 첨부되어 있었다.

바다가 데뷔하기 전에는 매달 삼천 내외, 데뷔한 이후로는 적게는 삼천, 많게는 팔천까지 이체하였던 걸로 기억하고 있다.

집에서 가지고 온 정재원의 신분증으로 카드를 재발급 받고 존에게 오천 달러를 이체했다. 그리고 남은 돈, 약 5억 원을 달러 계좌에 재입금하였다.

코리아타운에서 점심을 해결하고 싶었지만 지체하지 않고 할렘으로 이동했다.

뭔가 잘못됐다.

점혈되어 혼절한 채 빈방에 있어야 할 네 녀석들의 기운 외에도, 활발한 기운 셋이 더 있었다. 그것은 내가 집을 비운 사이에 다른 조직원들이 추가로 침입하였다는 것을 뜻했다.

뿐만 아니라 맨션 골목에 검은색 서브 차량 두 대가 서 있었다. 한 대는 비워져 있으나 다른 한 대는 네 명이 탑승해 있었다.

굳이 유리창에 대고 '하이!'라고 말하며 그 안을 확인해 보지 않아도, 차 안에서 총을 소지한 사내 넷이 나를 지켜보고 있다는 것쯤은 알 수 있다.

단단히 꼬여 버렸군.

속으로 중얼거리며 맨션으로 들어갔다.

집은 예상대로 잠겨 있었다.

그러나 세 기운 모두가 거실에 밀집해 있었다.

소란을 일으키지 않을 자신이 있었기 때문에 열쇠 구멍에 키를 꽂아넣고 돌렸다.

열리는 문틈으로 남자들의 모습이 보이기 시작했다. 저 계단 아래쪽에서부터 사람들이 뛰어 올라오는 소리도 들렸다.

평범한 사람 같으면 어디로 도망쳐야 할지 당황하겠지만, 나는 아니다.

태연하게 집 안으로 들어갔다.

"어서 와."

거실 중앙에서 나를 향해 총을 겨눈 녀석이 말했다.

녀석들의 뒤로 점혈된 민머리 흑인과 그 일당이 바닥에 쓰러져 있는 모습들이 보였다. 한 녀석이 민머리 흑인의 팔에 뭔가를 주사하고 있었고, 다른 한 녀석은 총탄을 확인하고 있었다.

"안으로 들어오지그래? 거기서 바보처럼 서 있지 말고. 지금은 죽이지 않을 테니까 들어와."

검은색 점퍼를 입은 녀석이 자기 집인 것마냥 말하며, 손 대신 총을 까닥거렸다.

"이게 다야?"

나는 그렇게 물으며 거실로 들어섰다.

깨끗이 청소해두었던 집은 난장판이 되어 있었다. 전자제품은 모두 박살이 난 채 바닥에 버려져 있었고, 깨질 수 있는 것은 모조리 깨져 있었다. 한바탕 소란에 일었을 텐데도 경찰이 출동하지 않은 것이 용했다.

"너희 셋과 지금 이리로 올라오고 있는 넷이 다냐고 물었다. 시간을 줄 테니까 너희가 동원할 수 있는 녀석들 모두 이리로 불러. 피차 번거롭지 않도록."

녀석들은 황당한 표정을 지으며 서로를 쳐다봤다. 그리고는 내게 말했다.

"미치긴 아직 일러, 아시안. 내 친구들에게 무슨 짓을 한 거지? 마취를 한 것도 아니야. 스테로이드를 놔도 일어나질 않거든. 장담하는데 잠을 자고 있는 것도 아니거든. 이건 죽어가고 있는 거야. 그렇지? 그렇다고만 말해 봐……."

녀석은 총구를 내 얼굴로 향하며 다가왔다.

그때 계단에서 올라온 네 녀석이 집 안으로 들어왔다.

찰칵.

녀석들이 현관문을 잠그는 소리가 들렸다. 뒤를 돌아보니 모두 권총을 들고 있었다. 그중에 한 녀석이 내 목 뒤에 총구를 가져다 댔다. 차가운 금속질의 느낌이 몹시 불쾌했다.

어쨌든 녀석들이 모두 집 안으로 들어왔다.

앞에 셋.

그리고 뒤에 넷.

모두 총을 지녔다.

총성이 나면 경찰이 출동한다.

그러니까 빠르고 조용하게 제압한다. 놈들은 무슨 일이 있었는지도 모를 정도로.

"너 혼자 친구들을 이렇게 만들 수는 없었을 테고, 나머지는 어디에 있지?"

내 얼굴에 총을 겨눈 녀석이 말했다. 녀석의 총 외에도 내 목에 닿은 총구가 계속 내 목을 쿡쿡 찔러댔다.

빠르게 집 안을 살폈다.

이미 집은 엉망이 된 지라 어떻게 되든 집을 손보긴 해야 할 것 같았다.

귀찮고 골치 아픈 일에 휘말리고 말았다.

"말해!"

녀석의 외침이 고막을 찌르는 그때, 나는 공력을 끌어 올렸다.

스르르.

한 줄기 뜨거운 공력이 여러 가닥으로 나뉘며 전신으로 퍼지는 게 느껴졌다. 망설일 필요가 없었다.

결단을 내렸고 실행에 옮겼다.

다만 맨션 전체를 무너트리고 싶지 않다면 전신에서 느껴지는 강력한 힘을 조절해야만 했다. 수도꼭지를 조심히 비틀 듯이 일말의 공력을 몸 밖으로 폭발시켰다.

파앙!

기분 좋은 바람 소리가 귀청을 때렸다.

순간 일어난 거친 기(氣)의 바람이 세상을 느리게 만들었다. 내 앞에 있던 녀석이 거실 벽면으로 튕겨 날아가, 그 중간에 있었다가 이미 벽에 충돌한 두 녀석의 몸 위를 덮쳤다.

뒤에서는 현관의 철문에 육중한 몸들이 충돌하는 소리가 연달아 들렸다.

곧장 몸을 돌렸다.

정신을 잃지 않은 이를 찾기 위함이었는데, 한 녀석이 문 밑에 쓰러져 팔을 움직이고 있었다.

녀석의 손은 한 발치 떨어진 총으로 향하고 있었다.

녀석의 손을 짓밟는 것과 동시에 탄지(彈指)의 수법으로 녀석의 등을 점혈했다. 그 녀석 외에 다른 세 녀석은 순간의 충격을 이기지 못하고 정신을 잃은 상태였다.

거실 쪽에도 두 녀석이 입가에 피를 흘린 채, 눈을 껌벅거리며 나를 쳐다보고 있었다.

바닥에 떨어져 있던 총을 걷어찼다. 총은 그대로 날아가 녀석의 얼굴에 적중했다.

빠악 하는 소리와 함께 녀석의 고개가 앞으로 숙여졌고 더는 움직이지 않았다. 이제 남은 녀석은 내게 말을 걸었던 녀석뿐이었다.

그 녀석은 하반신이 잘린 좀비처럼 총을 향해 기어가기 시작했다. 그건 흡사 살고자 하는 본능과 같았다.

나는 녀석의 앞에 섰다.

녀석이 반쯤 감긴 눈으로 나를 올려다봤다. 그대로 녀석의 얼굴을 걷어찼다.

퍼억!

진한 선홍색 핏물이 녀석의 입에서 튀어나와 거실 벽에 뿌려졌다.

*   *   *

거실이 건즈의 조직원들로 가득 찼다. 자그마치 11명으로 축구단을 설립해도 될 수였다. 녀석들이 가지고 왔던 권총의 수만 해도 아홉 정이 넘었다. 나는 그것들을 테이블에 쌓아두고는 한숨을 푸욱 내쉬었다.

원래는 건즈의 조직원들이 우리 집에 침입한다면 흑천마검이 제압하기로 되어 있었다.

하지만 흑천마검은 그렇게 하지 않았고, 지금은 소파에 누워 나를 보며 웃고만 있을 뿐이었다. 흑천마검이 집 안의 문제를 해결할 것이라는 것은 나만의 생각이었던 것이다.

나는 한 녀석을 깨웠다.

바비 그린.

이 사건의 주동자였다.

녀석은 눈을 뜨자마자 욕을 내뱉었다.

그러나 정신을 잃은 채 묶여 있는 조직원들을 바라본 뒤에는 입을 다물었다.

나를 바라보는 녀석의 눈동자에는 많은 생각이 담겨 있었다. 그중 가장 큰 것은 의구심으로, 어떻게 10명이 넘는 조직원들이 자신과 같은 처지가 되었는지 궁금해하는 것처럼 보였다. 녀석은 나와 눈이 마주치면 강렬한 적개심을 드러내면서도, 내가 몸을 움직일라 치면 몸을 움츠렸다. 분근착골의 고통은 지옥에 간 후에도 잊기 힘들 테니 당연한 반응이었다.

나는 쭈그리고 앉아 녀석의 눈앞에 사진을 내밀었다. 사진 속의 제 누이를 확인한 녀석은 흰자위를 드러냈다. 자신의 가족에게 손끝 하나라도 대면 우리 가족도 똑같이 해줄 것이라면서 나를 위협했다.

"하지만 그렇게 묶여 있어서는 할 수 있는 게 아무것도 없지. 네 친구들도 보다시피 마찬가지고. 하지만 나는?"

내가 말했다.

"넌…… 누구야. 대체 뭘 원하는 거야."

녀석이 말할 때마다 피가 뚝뚝 흘러내렸다.

분근착골을 또 한 번 시전했다가는, 녀석은 버티지 못하고 죽을 것이다.

"중요한 건 그게 아니야, 바비 그린. 중요한 건 일이 이렇게 되었다는 거지. 네가 얼마나 일을 크게 만들었는지 상상도 못하겠지. 너도 나도 쓸데없는 일을 만들고 말았어."

내가 녀석의 어깨에 손을 올리자 녀석이 전신을 움찔거렸다. 하지만 그 손을 떼자, 녀석은 도로 입을 악다문 채 너를 씹어 먹고 말겠어, 라는 눈빛으로 나를 바라보았다.

"여기서 나가면 어떻게든 내게 보복할 생각이지?"

내가 물었다.

어제오늘 일을 모두 잊겠다고 가족의 이름을 걸고 맹세해도 내 마음은 움직이지 않았을 것이다.

그런데도 녀석은 역시나였다.

"멍청한 코리안, 후회하긴 늦었어. 너도, 네가 사랑하는 사람들도 모두 죽고 말겠지. 그 시신이 노상에 버려진다고 해도 얼굴이 짓이겨져서 신원 미상으로 처리될 수밖에 없을 테고. 사정이나 해 봐. 혹시 알아?"

고개가 설레설레 저어졌다. 내가 자리에서 일어나자, 지레 겁을 먹은 녀석이 소리치듯 외쳤다.

"죽일 거면 죽여보라고. 지옥에서 기다리고 있을 테니까."

"지옥?"

나는 녀석을 내려다보며 반문했다.

"그래, 코리안. 너는 '건즈'를 적으로 돌린 거야. 장담컨대 넌 뒤지기 전부터 지옥을 보게 될 거야."

녀석이 진심 어린 어조로 말했다. 그러다가 내 손에 들린 그의 가족사진을 보고 또다시 입을 다물었다.

잠깐 창밖을 쳐다봤다. 따가운 겨울 햇볕이 내리쬐는 그쪽은 여느 평범한 날과 다를 바가 없었다. 다소 귀찮은 일에 휘말린 것 빼고는 나 역시, 여느 평범한 날과 같았다.

내가 강하다는 사실이, 그리고 그렇게 될 수 있었던 기회가 새삼 감사하게 느껴졌다.

내가 강하지 않았다면 이 화창한 한낮이 지옥처럼 붉거나, 혹은 잿더미처럼 회색 빛깔로 보였으리라.

사건의 동기와 옳고 그름을 떠나서, 거대 갱 조직에 수배령이 떨어진 일반인들의 말로는 너무도 뻔했다.

그때, 잠깐의 사색을 녀석이 방해했다.

"……그래, 넌 이미 죽은 몸이야. 코리안. 곧 우리를 찾으러 사람들이 올 거야."

녀석이 창밖을 쳐다보는 내 모습을 보고 멋대로 오해해서 말했다.

"그리고는 또 이렇게들 되겠지."

나는 바닥에 널브러진 갱 조직원들을 눈으로 가리켰다. 녀석은 마치 이 상황을 부정하고 싶다는 듯이, 더 이상 그쪽으로 시선을 옮기지 않았다.

"내 친구들에게 무슨 짓을 했는지는 몰라도 이게 끝이 아니야……. 너는 아무것도 몰라. 이 일을 해결하고 싶어? 총을 물고 방아쇠를 당겨, 빵!"

녀석이 키득거렸다. 그러나 긴장한 모습을 감추기 위해 억지로 여유로운 모습을 연기하는, 진정한 얼간이로밖에 보이지 않았다. 녀석의 얼간이 짓을 상대해주는 것도 그만할 때라고 느꼈다. 본론으로 들어갔다.

목소리에 무게를 담아 말했다.

"잡소리는 이제 그만, 지금부터 중요한 순간이야. 네가 죽는지 사는지 결정 나는 순간이거든. 그전에…… 어제 말했지? 총에 맞는 것보다 아플 거라고. 그걸 다시 해 볼까 하는데."

"무, 무슨! 기다려."

양 손바닥을 녀석의 어깨에 올렸다. 그리고는 느릿하게 녀석의 어깨를 뼈와 함께 크게 움켜잡았다. 조금씩 손아귀에 힘을 가해 녀석의 어깨를 옥죄기 시작했다. 녀석이 크악! 하고 비명을 터트리며 피를 뿜었다.

"너도 네 몸이니까 느낄 수 있을 테지. 바비 그린, 여기서 더 하면 너는 죽어. 지금부터 묻는 말에 거짓 없이 대답해야 할 거야. 조금이라도 대답을 지체하거나 거짓이라고 느껴지면…… 나는 너를 죽일 거야. 사진 속의 네 가족들도 모두."

녀석이 고통에 몸부림치며 아무렇게나 고개를 끄덕여댔다.

"자, 대답해 봐. 너희 조직 전체에 수배령이 떨어진 게 확실해?"

녀석이 대답할 수 있도록 손에서 힘을 풀었다.

"아, 아마도!"

"네가 우리 집에 있은 지 고작 하루가 지났을 뿐이야. 그걸 나보고 믿으라고? 더군다나 조직 전체가 움직일 만큼 네게 그만한 가치가 있을까?"

"아악……. 네가 한 짓을 봐, 코리안."

"계속."

"크, 보다시피 다들 우리를 찾고 있어. 나를 지금 죽이면 후회하고 말걸."

"계속."

"무, 무슨 말을 하라고! 너 머리가 안 돌아가? 수배가 떨어지지 않았다고 해도 반드시 그렇게 될 거야. 이제 그건 내 손을 떠났어. 이쯤 되면 조직의 위신이 달렸어. 네가 자초한 짓이야."

명예가 개입하면 상황은 지저분해진다. 갱 조직에선 내 굴복을 강제하려고 할 것이다.

조직은 명예로 움직인다.

돈을 움직이고 사람을 부리는 힘은 조직의 명예에서 나오기 때문에 조직은 어떻게든 그 명예를 지켜야만 한다.

그리고 그 명예를 얼마나 잘 지켜왔느냐에 따라 조직의 성장이 달려 있다.

그건 비단 건즈의 이야기만이 아니다. 혈마교 또한 그랬다. 혈마교가 일국(一國)으로 성장하게 된 가장 큰 이유는, 앞서 말했듯이 명예를 지켜왔기 때문이다.

명예를 지키는 법은 그리 어렵지 않다. 적을 두려워하지 않고 받은 것 이상의 보복을 하는 것, 그리고 그것은 대개 폭력을 수단으로 한다.

바비 그린이 그저 부랑자에 불과하였다면 그날 저녁 일은 문제가 될 게 없었다. 하지만 안타깝게도 그는 조직에 속한 사람이었다. 과정이야 어떻든지 간에 조직원인 그가 대중에게 노출된 장소에서 굴욕을 겪었고 조직의 명예에 흠집이 생겼다.

더욱이 그는 명예를 잃은 자, 소위 얕보인 자는 그가 속한 사회에서 결국 도태되고 만다는 사실을 알았던 것 같다. 그래서 내게 보복하기로 마음먹었고 행동에 옮겼지만 실패하고 말았다.

그 과정에서 그의 조직은 추가적인 피해가 발생했다.

이제, 그의 조직은 그들이 속한 사회에서 도태되기 싫다면 반드시 내게 보복을 해야만 한다.

그것이 그들이 속한 세상의 법칙이다.

거물 중의 거물 275

나는 그 사실을 너무나도 잘 알고 있기 때문에, 이렇게 빅 핏을 찾고 있다.

"다음 질문이다. 빅핏을 어떻게 하면 만날 수 있지?"

"……빅핏? 너, 너 따위가 빅핏을 만날 수 있을 거라고 생각하는 거냐?"

다시 손아귀에 힘을 줬다.

"아아악!"

녀석은 어깨가 부서진다며 울부짖고 난리를 떨었다. 공력을 이용해 근방의 음성이 밖으로 새어나가지 못하게 하지 않았더라면, 진즉 신고가 들어갔을 것이다.

어쩌면 녀석이 노리는 게 그것일지도 모른다는 생각이 들었다.

어깨에서 손을 떼고 녀석의 턱을 들어 올렸다. 고통으로 일그러진 녀석의 얼굴은 참으로 못생겼다.

나지막하게 말했다.

"좋겠군."

"좋겠다니 뭐가?"

"네가 원하는 대로 되었으니까. 네가 원하던 대로 지금 널 죽일 거야."

"넌 날 죽이지 못해, 코리안. 사람을 죽이는 게 이베이에서 쇼핑하는 건 줄 알아? 그러냐고. 그 뒷감당을 네가 할 수나 있을 것 같아? 넌 못해."

"정말 그렇게 생각해?"

사자의 앞에서 벌벌 떨고 있는 양이 내 앞에 있었다.

그 양은 너무도 멍청해서 자신이 여우쯤은 된다고 착각하고 있었던 것 같다.

그러나 생존 본능은 속이지 못한다.

동물에게는, 심지어 인간이라 할지라도 자신과 비교하여 강자와 약자를 구별할 능력이 있다.

"넌 고통스럽게 죽게 될 거야."

녀석의 뒤로 돌아가 섰다.

"왜…… 왜…… 내게 이러는 거야."

녀석은 함께 묶인 의자와 함께 심하게 떨기 시작했다.

"시작은 별일이 아니었어. 고작해야 상점에서 시비가 붙은 것에 불과했지. 물론 네 잘못이고. 보다시피 그 일이 이렇게 번진 거야. 너는 네 친구들을 우리 집으로 데려왔고, 그 친구들은 또 다른 친구들을 데려왔지. 그리고 그 친구의 친구들이 또 우리 집으로 올 거라는 걸, 나는 알아."

"없, 없었던 걸로……."

"거짓말은 하지 마. 네가 친구들을 데려오면서부터, 이제 이 일은 너와 내 손을 떠났어. 네 조직의 위신이 달렸거든. 열 명이 넘는 건즈의 조직원들이 아시아인 한 명을 당해내지 못했다는 소문이 퍼져 봐. 너희 조직이 가만히 있을 것 같아? 나를 죽여서 명예를 되찾고자 할 거야. 그러니까 말이

거물 중의 거물 277

야. 지금 너를 죽이든 살리든, 결과는 정해져 있다는 거야. 그러니 내가 구태여 너를 살려둘 이유가 없지. 바비 그린, 온몸의 근육이 뒤틀리고 뼈 마디마디가 모조리 끊기는 고통이 어떤 건지…… 지금부터 한번 느껴 봐. 그리고 죽어."

죽어, 라는 말에 공력을 담아 주변으로 퍼트렸다.

"악!"

의자와 함께 앞으로 넘어진 녀석은 사색이 되어 있었다.

금세 시퍼레진 입술을 부르르 떨며 고개를 사정없이 저어 보였다.

"살려줘……. 나는 아무것도 몰라. 빅핏은 거물 중의 거물이야. 나 같은 게 어떻게 알겠어. 하지만 우리 조직이라면, 모든 게 오해였다고 내가 어떻게든 무마할게. 그렇게 할게. 그렇게 할 테니까…… 제발…… 제발……."

* * *

거대 기업들은 대부분 피라미드 구조를 취한다.

직원들은 리더, 즉 피라미드의 정점에서 내려온 명령을 수행한다.

조직 피라미드에서 정점에서 하단으로 내려갈수록 그 명령은 세분화되고 전문성을 갖추면서, 그것은 흡사 거대한 생명처럼 보인다.

거대 기업들이 피라미드 구조를 선호하는 이유는, 권력이 최상부에 집약되어 있기 때문만은 아니다.

피라미드 구조는 계층이 분명하고 명확하여 모든 계층의 조직원들이 자신의 위치와 상하 관계를 잘 알고 있을 뿐만 아니라, 전체 조직원들의 사기를 고취시키고 응집력을 강화하는 데 매우 효율적이다.

그런데 그것은 범죄 조직에도 통용된다. 그것도 매우 효과적으로 말이다.

하지만 그런 피라미드 구조에는 큰 단점이 있다. 구조가 수직적이고 중앙 집권적일수록 그 조직의 성사는 총수의 능력에 따라 크게 좌지우지된다는 점이다.

역으로 말해 피라미드 구조를 띠는 조직들은 총수에게 의지한다는 점이고, 조직의 권력 또한 총수에게 집약되어 있다는 것이다.

그 조직 내에서 총수의 명령은 곧 법이다. 그 명령은 조직의 통치 작용의 기본 원리가 된다.

어떤 조직과 마찰이 생겼다? 그렇다면 총수와 담판을 지어라. 그것이 제일 빠른 길이다.

그래서 나는 추후 신분이 노출될 위험을 무릅쓰고 사립 탐정을 통해 빅핏의 주거지를 알아내 담판을 지으려 했다.

나 스스로 빅핏의 주거지를 알아내기 위해 문제를 일으키는 과정에서 생기는 신분 노출 위험보다는 그편이 더 낫다고 생각했다.

하지만 빅핏의 주거지를 알아내는 일은 사립 탐정의 역량 밖이었다. 결국에는 차선책을 택할 수밖에 없었다.

그가 스스로 내게 다가오게 하는 것. 그러기 위해선 조직의 총수가 느낄 만한 커다란 피해를 그들에게 안겨줘야 한다. 이를테면 그들의 사업에 타격을 주거나, 그들의 명예가 위협받을 만한 타격을 줘야 한다.

그리고, 주력 사업체 하나를 박살내는 일은 그 둘 모두를 충족시키는 일이 될 것이다.

"에밀리(Emily)사?"

"내가 아는 건 그게 다야. 거기서 물건이 들어온다고만 알고 있어. 더는 죽어도 몰라."

녀석은 뉴욕항 컨테이너 터미널 중에서 에밀리라는 항만 회사를 지목했다.

녀석의 말이 얼마나 신빙성이 있을지는 모르겠지만 녀석의 말에 따르면 뉴욕주 전체로 공급되는 마약과 불법 무기들이 그 항만 회사를 통해 들어온다는 것이다.

그런데 에밀리라는 항만 회사 이름은 흔한 미국 여성의 이름이기도 해서, 마약에는 그녀의 키스, 불법 총기에는 그녀의 립스틱이라는 은어를 쓰는 모양이었다.

"제3부두에 있다?"

내 물음에 녀석이 고개를 끄덕였다.

물론 그쪽으로 향하기 전에 할 일이 있었다. 내가 없는 사이 또 다른 조직원들이 우리 집에 들어오는 것을 원치 않는다. 나는 사립 탐정에게 받은 녀석들의 본거지 주소를 떠올린 뒤, 바비 그린의 혈을 눌러 그를 잠재웠다.

제 8장
뻘건 쇳물

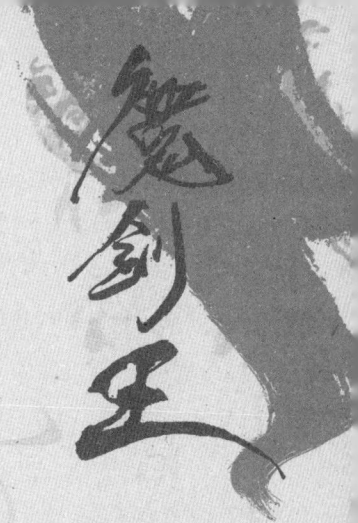

140번가부터 거리의 풍경이 달라졌다.

토크쇼에서 최근 불고 있는 재개발 열풍과 함께 할렘의 양지화를 성공리에 이끌어냈다고 자화자찬했던 뉴욕 시장은 140번가에 와 본 적이 없었던 것이 틀림없다.

구역을 나눠 세워진 회색 톤의 낡은 맨션들과 녹슨 철창들은 감옥을 연상시켰다.

삶의 의지를 포기한 부랑자들은 골목 어귀에서 가냘픈 숨만 내쉬고 있었고, 먹이를 찾듯 어슬렁거리던 흑인 청년들은 눈에 살의를 품고 나를 가리키고 있었다.

그것은 흡사 영역을 지키는 야생동물의 본능처럼 느껴졌

다. 140번가의 주민들은 나를 허락하지 않았다. 내가 거주하고 있는 120번가와는 같은 할렘이라도, 풍경이 달라도 너무나 달랐다.

아시아인 혼자서 거리에 들어온 것이 신기한지 내게 말을 붙이는 꼬마들도 있었다. 그러나 그 아이들은 곧 떠났고, 내게 다가온 것은 적개심과 황당함이 섞인 묘한 눈빛들이었다. 나는 너무도 눈에 띄었다. 아시아인 김청수로 역용할 것이 아니라 흑인으로 역용해야 했을지도 모른다.

"젊은 친구, 길을 잘못 들었어."

흑인 노파 한 명이 유모차를 끌고 가다가 내게 말을 건넸다. 나는 눈인사를 건넨 뒤 그 옆을 지나쳤다. 등 뒤에서 걱정이 가득 담긴 한숨 소리가 들려왔다.

노파가 우려하는 것은 어디에나 있었다.

맨션 창밖으로 나를 구경하고 있는 남자, 농구공을 튀기다 말고 수군거리고 있는 청소년들, 맨션 계단에 앉아 낄낄거리면서 나를 응시하고 있는 한 무리의 남자들, 나이와 상관없이 모두 내게 시비를 걸고 싶어 하는 것 같았다.

"여긴 관광지가 아니야, 부자 일본인."

계단에 앉아 있던 녀석들 중에서 목소리가 튀어나왔다.

목소리의 주인공은 건장한 흑인 청년이었다. 그러나 눈빛은 몸과는 달리 이미 죽어 있었다. 적개심만 가득한 눈은 살아 있다고 할 수 없다.

청년이 계단에서 일어나자 덩달아 두 명도 같이 일어나 내게 다가왔다. 여긴 자기들 구역이라고 외치듯 느릿하게, 어슬렁거리면서 다가왔다.

"여기서 꺼져."

검은 피부 속의 흰 눈이 나를 위협했다. 녀석은 나만큼이나 키가 컸다. 덩치가 좋은 것을 자랑이라도 하듯, 초겨울에도 속이 비치는 얇은 티셔츠를 입고 있었다. 녀석에게서 썩 좋지 않은 마리화나 냄새가 풍겼다.

"일본인! 백 달러 있어? 벤저민 말이야."

아시안은 모두 일본인이나 중국인으로 아는군.

"이 일본인, 영어를 못하는 모양인데?"

두 녀석이 연달아 말했다.

건너편 블록에서는 어린 녀석들이 나를 보며 웃고 있었다.

"백 달러 말이야. 백 달러, 백 달러."

그러면서 녀석은 열 손가락을 펴 보였다.

"무슨 말인지 못 알아먹어? 상관없지. 가만히 있어 봐. 백 달러만 있으면 돼. 너희 일본인들은 돈 많잖아."

세 번째 녀석이 친구를 뒤로 젖혔다. 그런 다음 대뜸 내 호주머니를 향해 팔을 뻗었다.

나는 그 팔을 잡았다.

"아악!"

손아귀에 힘을 주자 녀석이 신음을 터트렸다. 어차피 소동을 일으키러 왔으니 힘을 아낄 필요는 없었다. 녀석을 내 쪽으로 끌어당겨 넘어뜨린 다음에, 첫 번째 녀석의 가슴에 일장을 먹였고 두 번째 녀석의 복부에 주먹을 꽂아넣었다. 타격음이 연달아 들리기 무섭게 녀석들이 내 발밑에서 나뒹굴었다.

어디선가 꺅! 하는 여성의 놀란 목소리가 들렸지만 개의치 않았다.

나는 일어나려고 하는 첫 번째 녀석의 목을 잡아, 녀석의 의도대로 일으켜 세웠다. 녀석이 캑캑거리면서 내 손을 움켜잡았다. 잠깐 사이에 녀석의 손에서 힘이 풀렸다.

녀석이 정신을 잃기 전에 목에서 손을 뗐다. 녀석이 허리를 구부린 채로 연방 캑캑거렸다.

"로스턴 하우스 알지?"

내가 물었다.

역시나 그 녀석은 허리를 펴면서 동시에 주먹을 휘둘렀다.

덩치 큰 녀석의 힘이 가득 담긴 공격이라 눈앞에서 바람 소리가 났다.

고개를 숙여 피했다.

그러자 시선에 녀석의 넓은 가슴이 들어왔다. 건장한 심장 소리가 다 들리는 것 같았다.

채찍을 사용하듯 녀석의 심장 부위를 가볍게 쳤다. 선 자리에서 무너져 내리는 녀석을 뒤로하고, 두 번째 녀석의 멱

살을 잡아올렸다.

 백 달러를 요구하던 눈빛은 더 이상 존재하지 않았다. 강자를 알아본 약자의 비열한 눈빛만이 있을 뿐이었다.

 "로스턴 하우스. 알아, 몰라?"

 내가 물었다.

 "거기가 어딘지 알기나 해?"

 즉, 안다는 소리였다.

 "안내해."

 "……죽고 싶어 환장했군."

 그때 첫 번째 녀석이 다 죽어가는 병자의 호흡 소리와 함께 겨우 일어났다.

 "가고 싶다잖아. 이 일본 자식은 엄청난 행운아야. 죽고 싶을 정도로 환장할 여행을 하고 싶다는데 들어줘야지."

 첫 번째 녀석이 내게 시선을 유지하면서 두 번째 녀석에게 말했다. 녀석은 고통에 얼굴을 구기면서도 키득거리기 시작했다. 세 번째 녀석도 좋은 생각이야, 라면서 첫 번째 녀석의 의견에 동의했다.

 한 무리의 흑인 청년들이 맨션 골목에서 뛰어나왔다. 첫 번째 녀석이 달려온 그 녀석들을 향해 다 해결했다면서 특유의 너스레를 떨었다.

 "별일 아니야. 이 일본 놈이 로스턴 하우스에 가고 싶댄다. 자멜, 네가 데려다 주고 와. 로스턴 하우스로 들어가는지 확인도 해."

첫 번째 녀석의 시선을 따라가 보니, 이제 막 사춘기를 벗어난 것 같은 왜소한 흑인 청년이 자멜이었다.

"거길 왜?"

"이 일본인이 백 달러를 줄 거야."

흉흉한 분위기 속에서, 나는 아무런 생각 없이 고개를 끄덕였다.

"형이 가면 되잖아. 나보고 거길 가라고?"

자멜은 과격하게 야구 배트를 들고 뛰어왔던 것과는 달리 부쩍 위축된 표정으로 첫 번째 녀석의 눈치를 살폈다. 첫 번째 녀석은 아무 말 없이 자멜을 노려보았다. 자멜이 망설이다가 어쩔 수 없다는 듯이 말했다.

"나는 하우스 안으로는 들어가지 않을 거야. 물론 들어갈 수도 없지만."

"이 일본인 자식이 그 안으로 들어가는지만 확인하면 돼. 별거 없잖아."

"젠장…… 형은 미쳤어. 알았어. 따라와, 일본인. 분명히 말해두겠는데, 넌 살해당할 거야."

자멜이 발걸음을 옮겼다.

뒤에서 나를 비웃는 소리가 들렸다. 내게 맞았던 세 녀석들이 유독 좋아했다.

140번가에서 흑인이 아닌 사람은 나밖에 없었다. 히스패

닉계도 없었다. 오로지 피부색이 검은 사람들뿐이었다. 잠깐 횡단보도 신호등 앞에 멈춰 섰을 때 내게 쏠리는 수많은 시선들을 느낄 수 있었다. 계속 나를 힐끗힐끗 쳐다보던 자멜이 더는 참지 못하겠다는 얼굴과 함께 입을 열었다.

"약을 구하려는 거라면 한참 틀렸어."

"어?"

"거긴 약을 파는 곳이 아니야. 형이 알면 싫어할 테지만 꼭 알려줘야겠어. 네가 살해당할 게 뻔하거든."

"듣고 있어."

"로스턴 하우스 말이야, 거기 사람들은 너 같은 돈 많은 일본인을 가만두지 않을 거야. 돈만 뺏기는 게 아니야. 너는 가진 건 다 뺏기고 갈기갈기 찢겨서 하이에나의 먹이가 될 거야. 어쩌면 산 채로 던져질지도."

자멜은 주변 행인들을 둘러보더니 목소리를 더욱 낮춰 계속 말했다.

"그들이 키우는 하이에나를 우연히 본 적이 있어. 내 말을 흘려듣지 마. 정말 네가 불쌍하고 안타까워서 하는 소리야. 넌 지금 죽으러 가고 있는 거야. 자살 행위야. 로스턴 하우스는 무자비한 갱단의 소굴이라고."

로스턴 하우스를 말할 때쯤에는 목소리가 완전히 기어들어가 있었다.

잠깐뿐이었지만, 나는 자멜에게 고마움을 느꼈다.

"넌 착하구나."

"닥쳐, 일본인. 아무것도 모른 채 죽으러 가는 게 불쌍해서 말해준 것뿐이야."

내 말에 자멜은 금세 성난 기세로 돌아섰다.

"아니, 네 충고는 진심으로 고맙다. 하지만 내게는 그 충고가 필요 없겠어."

"영어를 할 줄 아는 거야, 모르는 거야? 내 말이 이해가 안 돼?"

소리 없이 웃었다.

"나는 분명히 설명해줬어. 너 따위 때문에 고백성사를 받는 일은 없을 거야, 젠장."

자멜은 그것을 끝으로 입을 닫아 버렸다.

우리는 말없이 걸었다.

몇 블록을 더 걸었다.

큰 횡단보도 두 개를 더 건넌 다음, 쓰레기가 치워지지 않은 더러운 거리를 뚫고 지나갔다. 맨션과 맨션 사이로 뻗은 좁은 골목에서 나오자 학교 소운동장만 한 공터가 등장했다.

공터를 주변으로 단독주택들이 자리해 있었고, 자멜은 그중에서 가운데 집을 가리켰다.

그 집은 다른 집들에 비해 유난히 큰 이층집이었고, 공터에 주차를 하는 다른 집들과는 달리 전용 주차장 구역이 따로 있었다. 주차장에는 검은색 벤츠 한 대와 서브 차량이 주차되어 있었다. 좋은 신호였다. 그가 집에 있을 확률이 더 높아졌다.

그 집의 문 앞 벤치에는 흑인 덩치 두 명이 앉아 있었다. 한 녀석은 권총을 쓰다듬으면서, 다른 녀석은 담배를 피우면서 낄낄거리는 중이었다.

"저기야. 그리고 백 달러 따윈 필요 없어. 넣어뒀다가 저승길 노잣돈이나 해, 일본인."

자멜이 공터로 나가는 골목 끝자락에 멈춰서 말했다. 이 이상은 더 나갈 수 없다는 의사가 분명했다.

흑인 거구 둘이 로스턴 하우스로 다가가는 나를 노려보고 있었다. 앞에서 본 녀석의 목에는 건즈의 문신이 큼지막하게 새겨져 있었고, 다른 녀석의 것은 후드를 끌어내릴 때 손등에서 보았다. 나는 둘보다도 집 안에 집중했다.

집 안에서는 시끄러운 음악 소리가 흘러나왔다. 정면으로 보이는 1층 창문 안으로 식사를 하고 있는 남녀가 보였는데, 둘은 정작 식사보다도 애정 행위에 푹 빠져 있었다. 주차 구역을 마주 보고 뚫린 또 다른 창 안으로는 텔레비전을 보며 마리화나를 피우고 있는 남자들이 가득 보였다. 연기로 가득 찬 방 안은 너구리 굴이 따로 없었다. 그렇게 로스턴 하우스에서 느껴진 기운은 총 열셋이었다.

흑인 거구 둘이 나를 위아래로 훑어보다가, 한 녀석이 내게 총을 까닥여 보였다. 그리고 다른 녀석은 히죽 웃는다. 그는 너 같은 미친놈은 정말 오랜만이야, 그런 웃음을 지었다.
 나는 둘에게 별달리 건넬 말은 없었다.
 건즈의 할렘 지구 본거지를 끝내러 왔기 때문이다. 어떠한 말도 필요 없고, 필요한 건 오직 행동뿐이다.
 파앙!
 둘 앞에 서자마자 쌍장(雙掌)을 뻗었다. 오른 손바닥과 왼손바닥으로 두 녀석의 갈빗대가 동시에 부러지는 것이 느껴졌다.
 공력은 타격력보다 빨리 내부로 침투했다. 내가 손을 거두며 둘의 옆을 스쳐 지나가는 순간에 둘은 이미 정신을 잃은 상태였다. 손잡이를 잡는 순간 쿵쿵하고 육중한 거구 둘이 쓰러지는 소리가 들렸다.

* * *

 조금만 힘을 줘도 경첩이 떨어져 나갈 것 같은 낡은 문이었다. 문 아랫부분에는 핏자국들이 분명한 거무튀튀한 자국들이 말라붙은 케첩 덩어리처럼 남아 있었다.
 끼이익.
 문을 열자 낡은 문에서 소리가 났다. 그런데 거실 안에서는 이쪽에 누구도 관심이 없었다.
 불쾌한 마리화나 냄새가 가득한 거실에는 젊은 흑인 커플

두 쌍이 소파에서 성관계를 하느라 정신이 없었다. 두 여자는 우는 것처럼 신음 소리를 내면서 상의를 탈의한 젊은 흑인 둘에게 애무를 받고 있었다. 그들 넷이 서로 혀를 엉키며 남녀 할 것 없이 서로를 탐닉하고 있는 사이, 나는 거실 중앙까지 들어왔다. 네 남녀는 일상적인 성관계라고 하기에는 너무도 몰입하고 있었다. 나는 그 이유를 테이블 위의 하얀색 가루에서 찾을 수 있었다.

나는 네 손가락을 튕겼다. 손가락 끝에서 뻗어나온 네 기운이 곡선을 그리며 네 남녀에게로 날아갔다.

타탁!

그것으로 더는 신음 소리가 들리지 않았다. 그다음 듣기 싫은 것은 시끄러운 음악이었다.

컴포넌트의 전원 버튼을 누르자 거실은 금세 조용해졌다. 대신 왼쪽 방의 텔레비전 소리가 상대적으로 크게 들리기 시작했다. 그쪽으로 걸어갔다.

녀석들은 방에 들어가자마자 정면에 있었다. 소파에 둘, 바닥에 둘이었다.

내 쪽 방향에 위치한 텔레비전을 바라보고 있던 그들이 문앞에 선 나를 발견한 것은 매우 당연한 일이었다. 한 녀석이 "저 자식 뭐야!"라고 외친 순간 나는 그들을 향해 몸을 날리고 있었다.

소파까지 십오 미터 정도 되는 거리를 한 번에 도약했다.

양 주먹으로 소파에 앉아 있던 두 녀석의 얼굴을 가격했다. 그런 다음 몸을 돌려 바닥의 첫 번째 녀석의 턱에 왼발을 꽂아 넣어 주고, 두 번째 녀석의 목을 잡아 허공으로 들어 올렸다. 녀석은 무슨 일이 일어난지도 모르는 채 고통을 호소했다.

하지만 손아귀에 힘을 조금 더 주자 녀석은 입을 다물고 고개를 늘어트렸다.

나는 손으로 마리화나 연기를 헤집으며 그 방에서 나왔다. 그 사이 이상한 낌새를 느낀 녀석이 부엌에서 나와 있었다.

"너 어떻게 들어왔어?"

녀석이 말했다.

나는 그대로 달려가 녀석의 복부에 주먹을 꽂아넣고, 상체가 꺾여 훤히 드러난 뒷목을 손날로 내리쳤다. 부엌에 있는 여자는 간단히 점혈했다. 쓰러진 녀석을 뒤로하고 이 층 계단을 밟았다. 올라가며 사립 탐정에게 받은 위 버클의 사진을 재차 확인했다. 위 버클은 건즈의 할렘 지구를 맡고 있는 소두목으로, 일 층에는 없었다.

그는 이 층의 마지막 방에 있었다. 세 번째 방인 그곳에서 대화 소리가 흘러나오고 있었다.

쾅!

주먹으로 문을 부수고 들어갔다.

테이블에 앉아 있던 세 남자가 반사적으로 고개를 돌렸다. 그중에 위 버클이 있었다. 그가 누구보다도 빨리, 테이블 밑에서 총을 꺼내 들어 나를 향해 겨눴다. 이런 일이 제법 있었던지 썩 괜찮은 준비와 신속한 반응이었다. 그러나 나는 그가 총을 쏘도록 내버려두고 싶지 않았다.

그래서 그에게 몸을 날려 얼굴에 일권을 작렬시켰다.

빠악.

커다란 소리가 울렸다. 그건 녀석들에게 너무도 빠르게 일어난 일이라 내 모습이 마치 순간 이동하는 것처럼 보였을 것이다. 나머지 두 녀석도 마찬가지로 제압했다.

의자를 끌어당겨 앉아 위 버클, 건즈의 소두목을 내려다봤다. 그는 바닥에 쓰러져 쉴 새 없이 피가 흘러나오는 코와 입을 양손으로 틀어막고 있었다.

나는 그의 이름을 나지막하게 불렀다. 그가 눈동자만 올려 나를 쳐다봤다.

그는 어떤 말도 하지 않았다. 살의가 가득 담긴 핏발 선 눈동자만이 널 죽여 버리겠어, 라고 외치고 있었다. 그때 그가 갑자기 몸을 움직여 총을 향해 팔을 뻗었다. 그런 낌새를 느끼고 있던 터라 나는 그가 총을 줍기 전에 녀석의 얼굴을 발로 짓밟았다. 녀석은 컥, 하고 숨 막히는 소리와 함께 바닥에 짓눌렸다.

"⋯⋯지⋯⋯금⋯⋯ 실수하는 거야⋯⋯."

짓눌린 입술에서 무거운 목소리가 흘러나왔다.

"나머지 조직원들 다 불러들여. 핸드폰 꺼내."

나는 그 말과 함께 녀석의 얼굴에서 발을 뗐다. 녀석은 잠깐 나를 흘깃 쳐다봤다. 내가 더는 행동을 취하지 않을 거라는 뜻으로 팔짱을 껴 보이자, 녀석이 피로 범벅된 손을 포켓 안으로 집어넣었다. 이윽고 녀석의 손에 핸드폰이 들려 나왔다. 버튼을 누르는 그의 손 전체가 부들부들 떨렸다.

녀석이 나를 향해 이를 드러내 보인 다음, 핸드폰에 있는 힘껏 소리쳤다.

"습격을 받았다! 그래, 지금! 네놈들이 계집 엉덩이를 쫓느라 얼마나 얕보였는지 와서 보라고. 모두 데리고 당장 와! 지금 당장! 멍청한 새끼들 같으니라고……."

*　　*　　*

버클이 비틀거리며 앞장섰다. 일 층으로 내려온 녀석은 여자들과 함께 정신을 잃은 부하를 보고 분통을 터트렸다. 이어서 다른 부하들의 이름을 불러댔지만 대답이 들려올 리는 없었다. 현관문 앞에 있던 둘도, 방에서 마리화나에 취해 있던 넷도, 부엌에 있던 한 놈도 모두 제압된 상태였다.

버클은 나를 도와 부하들을 제압한 내 동료가 있다고 확신하는 눈치였다.

"곧 내 부하들이 올 거야. 밖에 있는 네 친구들이 얼마나 많을지는 몰라도, 나한테는 안 돼."

녀석이 피를 줄줄 흘리면서 말했다. 그 말을 무시하고 녀석을 거실 테이블에 묶었다.

녀석을 거실에 내버려두고 밖으로 나왔다. 골목 저편에서 아직도 돌아가지 않은 자멜이 보였다. 자멜은 내 발밑에 쓰러져 있는 두 덩치와 나를 함께 쳐다보고 있었다. 나는 그 두 덩치가 앉아 있던 벤치에 앉아 조직원들이 오길 기다렸다.

차 한 대가 간신히 들어올 법한 샛길에서 검은색 서브 차량이 모습을 드러냈다. 그 뒤로 세 대가 더 있었다. 놀란 자멜은 황급히 쓰레기통 뒤로 몸을 숨겼다. 차가 멈춰 서고 열린 문에서 총을 든 조직원들이 뛰어나오는 것까지 확인하고 다시 안으로 들어갔다.

"왔군. 자동소총 맛을 본 적이 있나? 슈퍼맨이 와도 오줌을 지릴 정도지."

도착한 조직원들의 차 소리를 들은 버클이 나를 보며 의미심장한 표정을 지었다.

"슈퍼 아머라도 입고 왔어야 할 거야. 그럼 장례식 치를 살점 하나쯤은 남을지도 모르지."

녀석이 지껄였다.

"감격할 만한 배려심이군. 하지만 걱정 마라. 총알이 내 몸에 박히는 일은 없을 테니까."

"뭐라고? 벌써 미친 모양이군. 케하하하하!"

녀석은 설마, 하는 눈빛으로 나를 탐색했다. 그러다 확신이 섰는지 곧장 큰 웃음을 터트렸다. 그러나 얼굴 전체에서 고통이 느껴지는지 신음을 흘리며 얼마 웃지 못하고 멈췄다.
　녀석이 집 뒤로 나가는 문을 턱으로 가리키며 계속 말했다.
　"하이에나는 너같이 피부가 노란 고기를 좋아하지. 저 뒤에 있어. 너는 이제 간식거리가 될 거야. 오늘은 엄지손가락, 내일은 집게손가락, 열한 번째 날부터는 눈알을 파주고 두 눈알을 모두 다 파낸 이후엔 각 관절을 모두 절단시켜줄게. 의료보험 어쩌고 지랄하지 않는 실력도 좋고 맘씨도 좋은 의사가 있으니까, 목이 잘릴 때까지는 살 수 있을지도 모르지."
　녀석의 말에서 진심이 느껴졌다. 그러나 내게는 조금도 위협으로 다가오지 않았다.
　쿨럭.
　말을 많이 한 녀석이 피 한 움큼을 바닥에 토했다. 나는 연방 지껄여대는 녀석의 얼굴을 양손으로 붙잡았다.
　"눈 크게 뜨고 봐둬. 지금부터 시작이야."
　녀석의 얼굴이 현관문을 향하게 돌려놓으며 말했다.
　창문 밖으로 거실을 쳐다보는 남자들이 나타났다.
　그것을 시작으로 집 밖의 조직원들이 현관문을 향해 몰려드는 것이 느껴졌다. 밖에 있는 조직원들의 수는 서른 명이 넘었다. 그들 중 몇몇은 벌써, 창이란 창에는 모두 달라붙어서 나를 향해 총을 겨눴다.
　쾅하는 소리와 함께 낡은 문이 열리고 두 남자가 쏜살같이 안으로 들어왔다. 둘은 자동화기를 들고 있었다. 한 손에 들어오는 권총 따위가 아니었다. 그것은 방아쇠를 당기고 있으면 탄창이 빌 때까지 탄환을 계속 발사하는 전쟁용 대인 무기였다.

"쏴!"

아래에서 그렇게 외친 버클이 그 말을 끝으로 바닥에 넙죽 엎드렸다.

나는 공력을 일으켜 안력을 높였다. 공력을 머금은 안구가 뜨겁게 느껴지는 순간, 조금의 망설임도 없는 단호한 두 남자의 얼굴이 시선에 들어왔다.

둘은 동시에 방아쇠를 당겼다.

드득!

자동화기 특유의 탄환 발사 소리와 함께 첫 번째 탄환이 총구 밖으로 튀어나왔다. 두 개의 탄환이 정확히 나를 노리고 날아오기 시작했다. 드득! 하는 총소리가 또 터지며 두 번째 탄환이 첫 번째 탄환의 꼬리를 물고 나왔다.

시간이 멈춰 버린 세상에서 오로지 탄환만이 움직이고 있었다.

그것은 저쪽 세상에서 겪어 본 그 어떤 공격들보다도 빨랐다.

하지만 피를 뜨겁게 끓어 올리며 전신 곳곳에 감돌아대기 시작하는 십이양공의 공력보다는 느렸다.

실로 오랜만에 느끼는 거대한 공력에 심장이 쿵 하고 근육을 때리는 것이 느껴졌다.

심장의 움직임이 느껴질 때, 세 번째 네 번째 탄환까지 나왔다. 탄환으로 이뤄진 사선(死線) 두 줄기가 나를 향해 날아온다. 탄환을 둘러싼 공기의 파동은 흡사 불꽃의 일렁거림과 같았다. 그것들은 허공에서 제 몸을 빠르게 회전해댔고, 그럴수록 주변 공기는 살아 있는 생물처럼 움직여댔다.

탄환이 다섯 발자국 안으로 들어왔을 때, 나는 십이양공이 지닌 겁화(劫火)의 기운을 쏘아 보냈다.

공력은 탄환의 궤적 중간에서 그것들과 맞부딪쳤다. 그 순간 탄환의 움직임이 느려졌을 뿐만 아니라, 금색 빛깔을 띠던 탄환의 형체가 나와 가까워질수록 빨갛게 달궈지기 시작했다.

세 걸음 안에 들어왔을 때 그것들은 완전히 시뻘겠다. 두 걸음 안에서는 형체가 변했다. 그리고 한 걸음 안에 들어왔을 때 그것들은 뻘건 쇳물이 되어 눈물처럼 바닥으로 뚝뚝 떨어져 내렸다. 나는 우두커니 서서 시뻘건 쇳물로 변하는 탄환들을 가만히 바라보았다.

드드드드드드드득.

두 개의 자동화기 소리가 귀청을 때리며 요란하게 울려 퍼지다, 결국 소리가 멈췄다.

수십 발의 탄환이 발사됐다.

하지만 그것들의 형체는 그 어디에도 없었다.

마룻바닥을 파고든 쇳물 방울들의 흔적만이 조금 전의 상황을 말해주고 있을 뿐이었다.

『마검왕』 12권에서 계속
작가홈페이지
http://www.naminchae.com

Blade Hunter

『소드 엠페러』, 『다크 메이지』,
『트루베니아 연대기』의 작가

판타지의 왕도를 걷는다!
김정률 판타지 장편소설

혼돈의 시대를 가로지르는 빛의 검이 되어라
『블레이드 헌터』

세계의 균형을 위협하는 빛나는 검의 출현!
마스터의 유지를 받들어 그 비밀을 밝힌다!

dream books
드림북스

제왕록

무장편

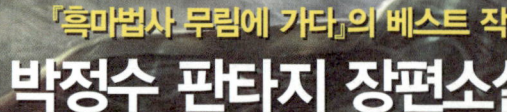

『흑마법사 무림에 가다』의 베스트 작
박정수 판타지 장편소설

박정수 판타지 장편소설

FANTASYSTORY & ADVENTURE

삼만 년 동안 대륙의 일통을 꿈꾼 자는 많았다.
그러나 그 꿈을 이룬 자는 오직 한 명뿐!

신분의 굴레를 벗기 위해 전장으로 향하는 칼스.
그것이 기나긴 대륙 통일 전쟁의 시작이었다!

dream books
드림북스

魔龍傳

마룡전

김강현 신무협 장편소설

『투신』, 『마신』, 『천신』의 작가!
김강현의 신무협 장편소설

고독(蠱毒)에 조종당해 지옥에 내던져진 마룡단.
잔혹한 음모와 혈투 속에서도 그는 살아남았다!

잊혀진 마룡단의 생존자 강하진이 돌아왔다.
음모의 배후를 처부수고 복수를 이루리라!

dream books
드림북스